Jakob Michael Reinhold Lenz

Die Soldaten

Ein Schauspiel

Jakob Michael Reinhold Lenz: Die Soldaten. Ein Schauspiel

Berliner Ausgabe, 2023, 6. Auflage
Durchgesehener Neusatz mit einer Biografie des Autors
bearbeitet und eingerichtet von Michael Holzinger

Entstanden 1774/75. Erstdruck: Leipzig (Weidmanns Erben und Reich) 1776 (anonym). Uraufführung am 9.12.1863 in Wien. In der Handschrift heißt die Zentralfigur, an das Französische angelehnt, »Mariane«, im Erstdruck dann »Marie«. In der vorliegenden Ausgabe werden beide Varianten der Schlussszene abgedruckt.

Textgrundlage ist die Ausgabe:
Jakob Michael Reinhold Lenz: Werke und Schriften. Herausgegeben von Britta Titel und Hellmut Haug, Band 1–2, Stuttgart: Goverts, 1965–1966.

Herausgeber der Reihe: Michael Holzinger
Reihengestaltung: Viktor Harvion
Umschlaggestaltung unter Verwendung des Bildes:
Jakob Michael Reinhold Lenz (Radierung von Georg Friedrich Schmoll, 1776)

Gesetzt aus der Minion Pro, 11 pt

ISBN 978-1482600032

Die Sammlung Holzinger erscheint im Verlag
Henricus Edition Deutsche Klassik GmbH, Berlin
Herstellung: Amazon Media EU S.à.r.l.

Personen

Wesener, ein Galanteriehändler in Lille.

Frau Wesener, seine Frau.

Mariane,
Charlotte, ihre Töchter.

Stolzius, Tuchhändler in Armentières.

Seine Mutter.

Jungfer Zipfersaat.

Desportes, ein Edelmann aus dem französischen Hennegau, in französischen Diensten.

Der Graf von Spannheim, sein Obrister.

Pirzel, ein Hauptmann.

Eisenhardt, Feldprediger.

Haudy,
Rammler,
Mary, Offiziere.

Die Gräfin de la Roche.

Ihr Sohn.

Frau Bischof.

Ihre Cousine und andere.

Der Schauplatz ist im französischen Flandern.

Erster Akt

Erste Szene

In Lille.
Mariane. Charlotte.

MARIANE *mit untergestütztem Kopf einen Brief schreibend.* Schwester, weißt du nicht, wie schreibt man Madam, »M a«, ma, »t a m m«, tamm, »m e«, me.

CHARLOTTE *sitzt und spinnt.* So 'st recht.

MARIANE. Hör, ich will dir vorlesen, ob's so angeht, wie ich schreibe: »Meine liebe Matamm! Wir sein gottlob glücklich in Lille arriviert«, ist's so recht: arriviert, »a r« ar, »r i e w« wiert?

CHARLOTTE. So 'st recht.

MARIANE. »Wir wissen nicht, womit die Gütigkeit nur verdient haben, womit uns überschüttet, wünschte nur imstand zu sein« – ist so recht?

CHARLOTTE. So lies doch, bis der Verstand aus ist.

MARIANE. »Ihro alle die Politessen und Höflichkeit wieder zu erstatten. Weil aber es noch nicht in unsern Kräften steht, als bitten um fernere Kontinuation.«

CHARLOTTE. Bitten wir um fernere.

MARIANE. Lass doch sein, was fällst du mir in die Rede.

CHARLOTTE. Wir bitten um fernere Kontinuation.

MARIANE. Ei was redst du doch, der Papa schreibt ja auch so. *Macht alles geschwind wieder zu und will den Brief versiegeln.*

CHARLOTTE. Nu, so les' Sie doch aus.

MARIANE. Das Übrige geht dich nichts an. Sie will allesfort klüger sein als der Papa, letzthin sagte der Papa auch, es wäre nicht höflich, wenn man immer »wir« schriebe und

»ich« und so dergleichen. *Siegelt zu.* Da Steffen, *Gibt ihm Geld.* tragt den Brief auf die Post.

CHARLOTTE. Sie wollt mir den Schluss nicht vorlesen, gewiss hat Sie da was Schönes für den Herrn Stolzius.

MARIANE. Das geht dich nichts an.

CHARLOTTE. Nu seht doch, bin ich denn schon schalu darüber gewesen? Ich hätt ja ebenso gut schreiben können als du, aber ich hab dir das Vergnügen nicht berauben wollen, deine Hand zur Schau zu stellen.

MARIANE. Hör, Lotte, lass mich zufrieden mit dem Stolzius, ich sag dir's, oder ich geh gleich herunter und klag's dem Papa.

CHARLOTTE. Denk doch, was mach ich mir daraus, er weiß ja doch, dass du verliebt in ihn bist und dass du's nur nicht leiden kannst, wenn ein andrer ihn nur mit Namen nennt.

MARIANE. Lotte! *Fängt an zu weinen und läuft herunter.*

Zweite Szene

In Armentières.
Stolzius und seine Mutter.

STOLZIUS *mit verbundenem Kopf.* Mir ist nicht wohl, Mutter.

MUTTER *steht eine Weile und sieht ihn an.* Nu, ich glaube, Ihm steckt das verzweifelte Mädel im Kopf, darum tut er Ihm so weh. Seit sie weggereist ist, hat Er keine vergnügte Stunde mehr.

STOLZIUS. Aus Ernst Mutter, mir ist nicht recht.

MUTTER. Nu, wenn du mir gute Worte gibst, so will ich dir das Herz wohl leichter machen. *Zieht einen Brief heraus.*

STOLZIUS *springt auf.* Sie hat Euch geschrieben –?

MUTTER. Da, kannst du's lesen. *Stolzius reißt ihn ihr aus der Hand und verschlingt den Brief mit den Augen.* Aber hör, der Obrist will das Tuch ausgemessen haben für die Regimenter.

STOLZIUS. Lasst mich den Brief beantworten, Mutter.

MUTTER. Hanns Narr, ich rede vom Tuch, das der Obrist bestellt hat für die Regimenter. Kommt denn –

Dritte Szene

In Lille.
Mariane. Desportes.

DESPORTES. Was machen Sie denn da, meine göttliche Mademoiselle?

MARIANE *die ein Buch weiß Papier vor sich liegen hat, auf dem sie kritzelte, steckt schnell die Feder hinters Ohr.* O nichts, nichts, gnädiger Herr – *Lächelnd.* Ich schreib gar zu gern.

DESPORTES. Wenn ich nur so glücklich wäre, einen von Ihren Briefen, nur eine Zeile von Ihrer schönen Hand zu sehen.

MARIANE. O verzeihen Sie mir, ich schreibe gar nicht schön, ich schäme mich von meiner Schrift zu weisen.

DESPORTES. Alles, was von einer solchen Hand, kommt muss schön sein.

MARIANE. O Herr Baron hören Sie auf, ich weiß doch, dass das alles nur Komplimenten sein.

DESPORTES *kniend.* Ich schwöre Ihnen, dass ich noch in meinem Leben nichts Vollkommeneres gesehen habe, als Sie sind.

MARIANE *strickt, die Augen auf ihre Arbeit niedergeschlagen.* Meine Mutter hat mir doch gesagt – sehen Sie, wie falsch Sie sind.

DESPORTES. Ich falsch? Können Sie das von mir glauben, göttliche Mademoiselle? Ist das falsch, wenn ich mich vom Regiment wegstehle, da ich mein Semestre doch verkauft habe und jetzt riskiere, dass, wenn man erfährt, dass ich nicht bei meinen Eltern bin, wie ich vorgab, man mich in Prison wirft, wenn ich wiederkomme, ist das falsch, nur um das Glück zu haben, Sie zu sehen, Vollkommenste?

MARIANE *wieder auf ihre Arbeit sehend.* Meine Mutter hat mir doch oft gesagt, ich sei noch nicht vollkommen ausgewachsen, ich sei in den Jahren, wo man weder schön noch hässlich ist.

Wesener tritt herein.

WESENER. Ei sieh doch, gehorsamer Diener, Herr Baron, wie kommt's denn, dass wir wieder einmal die Ehre haben. *Umarmt ihn.*

DESPORTES. Ich bin nur auf einige Wochen hier, einen meiner Verwandten zu besuchen, der von Brüssel angekommen ist.

WESENER. Ich bin nicht zu Hause gewesen, werden verzeihen, mein Marianel wird Sie ennuyiert haben, wie befinden sich denn die werten Eltern, werden die Tabatieren doch erhalten haben –

DESPORTES. Ohne Zweifel, ich bin nicht bei ihnen gewesen, wir werden auch noch eine Rechnung miteinander haben, Vaterchen.

WESENER. O das hat gute Wege, es ist ja nicht das erste Mal. Die gnädige Frau sind letzten Winter nicht zu unserm Karneval herabgekommen.

DESPORTES. Sie befindet sich etwas unpass – Waren viel Bälle?

WESENER. So, so, es ließ sich noch halten – Sie wissen, ich komme auf keinen, und meine Töchter noch weniger.

DESPORTES. Aber ist denn das auch erlaubt, Herr Wesener, dass Sie Ihren Töchtern alles Vergnügen so versagen, wie können sie dabei gesund bleiben?

WESENER. Oh, wenn sie arbeiten, werden sie schon gesund bleiben. Meinem Marianel fehlt doch Gott sei Dank nichts, und sie hat immer rote Backen.

MARIANE. Ja, das lässt sich der Papa nicht ausreden und ich krieg doch so bisweilen so eng um das Herz, dass ich nicht weiß, wo ich vor Angst in der Stube bleiben soll.

DESPORTES. Sehn Sie, Sie gönnen Ihr Mademoiselle Tochter kein Vergnügen, und das wird noch einmal Ursache sein, dass sie melancholisch werden wird.

WESENER. Ei was, sie hat Vergnügen genug mit ihren Kameradinnen, wenn sie zusammen sind, hört man sein eigen Wort nicht.

DESPORTES. Erlauben Sie mir, dass ich die Ehre haben kann, Ihre Mademoiselle Tochter einmal in die Komödie zu führen. Man gibt heut ein ganz neues Stück.

MARIANE. Ach Papa!

WESENER. Nein – Nein durchaus nicht Herr Baron! Nehmen Sie mir's nicht ungnädig, davon kein Wort mehr. Meine Tochter ist nicht gewohnt, in die Komödie zu gehen, das würde nur Gerede bei den Nachbarn geben, und mit einem jungen Herrn von den Milizen dazu.

DESPORTES. Sie sehen, ich bin im Bürgerskleide, wer kennt mich.

WESENER. Tant pis! Ein für alle Mal, es schickt sich mit keinem jungen Herren, und denn ist es auch noch nicht einmal zum Tisch des Herrn gewesen und soll schon in die Komödie und die Staatsdame machen. Kurz und gut, ich erlaube es nicht, Herr Baron.

MARIANE. Aber Papa, wenn den Herrn Baron doch nun niemand kennt?

WESENER *etwas leise.* Willstu's Maul halten? Niemand kennt, tant pis wenn ihn niemand kennt. Werden pardonieren, Herr Baron, so gern als Ihnen den Gefallen tun wollte, in allen andern Stücken haben zu befehlen.

DESPORTES. Apropos, lieber Wesener, wollten Sie mir doch nicht einige von Ihren Zitternadeln weisen?

WESENER. Sogleich. *Geht heraus.*

DESPORTES. Wissen Sie was, mein englisches, mein göttliches Marianel, wir wollen Ihrem Vater einen Streich spielen. Heut geht es nicht mehr an, aber übermorgen geben sie ein fürtreffliches Stück, »La chercheuse d'esprit«, und die erste Piece ist der Deserteur – haben Sie hier nicht eine gute Bekannte?

MARIANE. Frau Weyher.

DESPORTES. Wo wohnt sie?

MARIANE. Gleich hier an der Ecke beim Brunnen.

DESPORTES. Da komm ich hin und da kommen Sie auch hin, so gehn wir miteinander in die Komödie.

Wesener kommt wieder mit einer großen Schachtel Zitternadeln. Mariane winkt Desportes lächelnd zu.

WESENER. Sehen Sie, da sind zu allen Preisen – Diese zu hundert Talern, diese zu fünfzig, diese zu hundertfünfzig, wie es befehlen.

DESPORTES *besieht eine nach der andern und weist die Schachtel Marianen.* Zu welcher rieten Sie mir?

Mariane lächelt, und sobald der Vater beschäftigt ist, eine herauszunehmen, winkt sie ihm zu.

WESENER. Sehen Sie, die spielt gut, auf meine Ehr.

DESPORTES. Das ist wahr. *Hält sie Marianen an den Kopf.* Sehen Sie auf so schönem Braun, was das für eine Wirkung tut. O hören Sie, Herr Wesener, sie steht Ihrer Tochter gar zu schön, wollen Sie mir die Gnade tun und sie behalten.

WESENER *gibt sie ihm lächelnd zurück.* Ich bitte Sie, Herr Baron, das geht nicht an – meine Tochter hat noch in ihrem Leben keine Präsente von den Herren angenommen.

MARIANE *die Augen fest auf ihre Arbeit geheftet.* Ich würde sie auch zu dem nicht haben tragen können, sie ist zu groß für meine Frisur.

DESPORTES. So will ich sie meiner Mutter schicken. *Wickelt sie sorgfältig ein.*

WESENER *indem er die andern einschachtelt, brummt etwas heimlich zu Marianen.* Zitternadel du selber, sollst in deinem Leben keine auf den Kopf bekommen, das ist kein Tragen für dich. *Sie schweigt still und arbeitet fort.*

DESPORTES. So empfehle ich mich denn, Herr Wesener! Eh ich wegreise, machen wir richtig.

WESENER. Das hat gute Wege, Herr Baron, das hat gute Wege, sein Sie so gütig und tun uns einmal wieder die Ehre an.

DESPORTES. Wenn Sie mir's erlauben wollen – Adieu, Jungfer Mariane! *Ab.*

MARIANE. Aber sag Er mir doch, Papa, wie ist Er denn auch?

WESENER. Na, hab ich dir schon wieder nicht recht gemacht. Was verstehst du doch von der Welt, dummes Keuchel.

MARIANE. Er hat doch gewiss ein gutes Gemüt, der Herr Baron.

WESENER. Weil er dir ein paar Schmeicheleien und so und so – Einer ist so gut wie der andere, lehr du mich die jungen Milizen nit kennen. Da laufen sie in alle Aubergen und in alle Kaffeehäuser, und erzählen sich, und eh man sich's versieht, wips ist ein armes Mädel in der Leute Mäuler. Ja, und mit der und der Jungfer ist's auch nicht zum Besten bestellt und die und die kenn ich auch und die hätt ihn auch gern drin –

MARIANE. Papa! *Fängt an zu weinen.* Er ist auch immer so grob.

WESENER *klopft sie auf die Backen.* Du musst mir das so übel nicht nehmen, du bist meine einzige Freude, Narr, darum trag ich auch Sorge für dich.

MARIANE. Wenn Er mich doch nur wollte für mich selber sorgen lassen. Ich bin doch kein klein Kind mehr.

Vierte Szene

In Armentières.
Der Obriste Graf Spannheim am Tisch mit seinem Feldprediger Eisenhardt, einem jungen Grafen, seinem Vetter und dessen Hofmeister, Haudy, Untermajor, Mary und andern Offiziere.

DER JUNGE GRAF. Ob wir nicht bald wieder eine gute Truppe werden herbekommen?

HAUDY. Das wäre zu wünschen, besonders für unsere junge Herren. Man sagt, Godeau hat herkommen wollen.

HOFMEISTER. Es ist doch in der Tat nicht zu leugnen, dass die Schaubühne eine fast unentbehrliche Sache für eine Garnison ist, c'est à dire eine Schaubühne, wo Geschmack herrscht, wie zum Exempel auf der französischen.

EISENHARDT. Ich sehe nicht ab, wo der Nutzen stecken sollte.

OBRISTER. Das sagen Sie wohl nur so, Herr Pastor, weil Sie die beiden kleinen weißen Läppchen unterm Kinn haben, ich weiß, im Herzen denken Sie anders.

EISENHARDT. Verzeihen Sie, Herr Obriste, ich bin nie Heuchler gewesen, und wenn das ein notwendiges Laster für unsern Stand wäre, so dächt ich, wären doch die Feldprediger davon wohl ausgenommen, da sie mit vernünftigeren Leuten zu tun haben. Ich liebe das Theater selber und gehe gern hinein, ein gutes Stück zu sehen, aber deswegen glaube ich noch nicht, dass es ein so heilsames Institut für das Korps Offiziere sei.

HAUDY. Aber um Gottes willen, Herr Pfaff oder Herr Pfarr, wie Sie da heißen, sagen Sie mir einmal, was für Unordnungen werden nicht vorgebeugt oder abgehalten durch die Komödie. Die Offiziere müssen doch einen Zeitvertreib haben.

EISENHARDT. Mit aller Mäßigung, Herr Major, sagen Sie lieber, was für Unordnungen werden nicht eingeführt unter den Offizieren durch die Komödie.

HAUDY. Das ist nun wieder so in den Tag hinein räsonniert. Kurz und gut, Herr, – *lehnt sich mit den beiden Ellenbogen auf den Tisch* – ich behaupte Ihnen hier, dass eine einzige Komödie, und wenn's die ärgste Farce wäre, zehnmal mehr Nutzen, ich sage nicht unter den Offizieren allein, sondern im ganzen Staat angerichtet hat als alle Predigten zusammengenommen, die Sie und Ihresgleichen in Ihrem ganzen Leben gehalten haben und halten werden.

OBRISTER *winkt Haudy unwillig.* Major!

EISENHARDT. Wenn ich mit Vorurteilen für mein Amt eingenommen wäre, Herr Major, so würde ich böse werden. So aber wollen wir alles das beiseite setzen, weil ich weder Sie noch viele von den Herren für fähig halte, den eigentlichen Nutzen unsers Amts in Ihrem ganzen Leben beurteilen zu können, und wollen nur bei der Komödie bleiben und dem erstaunenden Nutzen, den sie für die Herren vom Korps haben soll. Ich bitte Sie, beantworten Sie mir eine einzige Frage, was lernen die Herren dort?

MARY. Ei was, muss man denn immer lernen, wir amüsieren uns, ist das nicht genug?

EISENHARDT. Wollte Gott, dass Sie sich bloß amüsierten, dass Sie nicht lernten! So aber ahmen Sie nach, was Ihnen dort vorgestellt wird und bringen Unglück und Fluch in die Familien.

OBRISTER. Lieber Herr Pastor, Ihr Enthusiasmus ist löblich, aber er schmeckt nach dem schwarzen Rock, nehmen Sie mir nicht übel. Welche Familie ist noch je durch einen Offizier unglücklich geworden? Dass ein Mädel einmal ein Kind kriegt, das es nicht besser haben will.

HAUDY. Eine Hure wird immer eine Hure, gerate sie unter welche Hände sie will, wird's keine Soldatenhure, so wird's eine Pfaffenhure.

EISENHARDT. Herr Major, es verdrießt mich, dass Sie immer die Pfaffen mit ins Spiel mengen, weil Sie mich dadurch verhindern, Ihnen freimütig zu antworten. Sie könnten denken, es mische sich persönliche Bitterkeit in meine Reden, und wenn ich in Feuer gerate, so schwöre ich Ihnen doch, dass es bloß die Sache ist, von der wir sprechen, nicht Ihre Spöttereien und Anzüglichkeiten über mein Amt. Das kann durch alle dergleichen witzige Einfälle weder verlieren noch gewinnen.

HAUDY. Na, so reden Sie, reden Sie, schwatzen Sie, dafür sind wir ja da, wer verbietet es Ihnen?

EISENHARDT. Was Sie vorhin gesagt haben, war ein Gedanke, der eines Nero oder Oglei Oglu Seele würdig gewesen wäre, und auch da bei seiner ersten Erscheinung vielleicht Grausen würde verursacht haben. Eine Hure wird immer eine Hure, kennen Sie das andere Geschlecht so genau?

HAUDY. Herr, Sie werden es mich nicht kennen lehren.

EISENHARDT. Sie kennen es von den Meisterstücken Ihrer Kunst vielleicht, aber erlauben Sie mir, Ihnen zu sagen, eine Hure wird niemals eine Hure, wenn sie nicht dazu gemacht wird. Der Trieb ist in allen Menschen, aber jedes Frauenzimmer weiß, dass sie dem Triebe ihre ganze künftige Glückseligkeit zu danken hat, und wird sie die aufopfern, wenn man sie nicht drum betrügt?

HAUDY. Red ich denn von honetten Mädchen?

EISENHARDT. Eben die honetten Mädchen müssen zittern vor Ihren Komödien, da lernen Sie die Kunst, sie malhonett zu machen.

MARY. Wer wird so schlecht denken.

HAUDY. Der Herr hat auch ein verfluchtes Maul über die Offiziere. Sackerment, wenn mir ein anderer das sagte. Meint Er Herr denn, wir hören auf, honnêtes hommes zu sein, sobald wir in Dienste treten.

EISENHARDT. Ich wünsche Ihnen viel Glück zu diesen Gesinnungen. Solang ich aber noch entretenierte Mätressen und unglückliche Bürgerstöchter sehen werde, kann ich meine Meinung nicht zurücknehmen.

HAUDY. Das verdiente einen Nasenstüber.

EISENHARDT *steht auf.* Herr, ich trag einen Degen.

OBRISTER. Major, ich bitt Euch – Herr Eisenhardt hat nicht unrecht, was wollt Ihr von ihm. Und der erste, der ihm zu nahe kommt – setzen Sie sich Herr Pastor, er soll Ihnen Genugtuung geben. *Haudy geht hinaus.* Aber Sie gehn auch zu weit, Herr Eisenhardt, mit alledem. Es ist kein Offizier, der nicht wissen sollte, was die Ehre von ihm fordert.

EISENHARDT. Wenn er Zeit genug hat, dran zu denken. Aber werden ihm nicht in den neusten Komödien die gröbsten Verbrechen gegen die heiligsten Rechte der Väter und Familien unter so reizenden Farben vorgestellt, den giftigsten Handlungen so der Stachel genommen, dass ein Bösewicht dasteht, als ob er ganz neulich vom Himmel gefallen wäre. Sollte das nicht aufmuntern, sollte das nicht alles ersticken, was das Gewissen aus der Eltern Hause mitgebracht haben kann. Einen wachsamen Vater zu betrügen oder ein unschuldig Mädchen in Lastern zu unterrichten, das sind die Preisaufgaben, die dort aufgelöst werden.

HAUDY *im Vorhause mit andern Offizieren, da die Tür aufgeht.* Der verfluchte Schwarzrock –

OBRISTER. Lasst uns ins Kaffeehaus gehn, Pfarrer, Sie sind mir die Revanche im Schach schuldig – und Adjutant! – wollten Sie doch dem Major Haudy für heut bitten, nicht aus seiner Stube zu gehen. Sagen Sie ihm, ich werde ihm morgen früh seinen Degen selber wiederbringen.

Fünfte Szene

In Lille.
Wesener sitzt und speist zu Nacht mit seiner Frau und ältesten Tochter. Mariane tritt ganz geputzt herein.

MARIANE *fällt ihm um den Hals.* Ach Papa, Papa!

WESENER *mit vollem Munde.* Was ist, was fehlt dir.

MARIANE. Ich kann's Ihm nicht verhehlen, ich bin in der Komödie gewesen. Was das für Dings ist.

WESENER *rückt seinen Stuhl vom Tisch weg und kehrt das Gesicht ab.*

MARIANE. Wenn Er gesehen hätte was ich gesehen habe, Er würde wahrhaftig nicht böse sein, Papa. *Setzt sich ihm auf den Schoß.* Lieber Papa, was das für Dings alles durcheinander ist, ich werde die Nacht nicht schlafen können vor lauter Vergnügen. Der gute Herr Baron!

WESENER. Was, der Baron hat dich in die Komödie geführt?

MARIANE *etwas furchtsam.* Ja Papa – lieber Papa!

WESENER *stößt sie von seinem Schoß.* Fort von mir, du Luder – willst die Mätresse vom Baron werden?

MARIANE *mit dem Gesicht halb abgekehrt, halb weinend.* Ich war bei der Weyhern – und da stunden wir an der Tür – *stotternd* – und da redt' er uns an.

WESENER. Ja lüg nur, lüg nur dem Teufel ein Ohr ab – geh mir aus den Augen, du gottlose Seele.

CHARLOTTE. Das hätt ich dem Papa wollen voraussagen, dass es so gehen würde. Sie haben immer Geheimlichkeiten miteinander gehabt, sie und der Baron.

MARIANE *weinend.* Willst du das Maul halten.

CHARLOTTE. Denk doch, vor dir gewiss nicht. Will noch kommandieren dazu, und führt sich so auf.

MARIANE. Nimm dich nur man selber in Acht mit deinem jungen Herrn Heidevogel. Wenn ich mich so schlecht aufführte als du –

WESENER. Wollt ihr schweigen? *Zu Marianel.* Fort in deine Kammer den Augenblick, du sollst heut nicht zu Nacht essen – schlechte Seele! *Mariane geht fort.* Und schweig du auch nur, du wirst auch nicht engelrein sein. Meinst du, kein Mensch sieht, warum der Herr Heidevogel so oft ins Haus kommt.

CHARLOTTE. Das ist alles des Marianel Schuld. *Weint.* Die gottsvergessne Allerweltshure will honette Mädels in Blame bringen, weil sie so denkt.

WESENER *sehr laut.* Halt's Maul! Mariane hat ein viel zu edles Gemüt, als dass sie von dir reden sollte, aber du schalusierst auf deine eigene Schwester; weil du nicht so schön bist als sie, sollst du zum Wenigsten besser denken. Schäm dich – *Zur Magd.* Nehmt ab, ich esse nichts mehr.

Schiebt Teller und Serviette fort, wirft sich in einen Lehnstuhl und bleibt in tiefen Gedanken sitzen.

Sechste Szene

Marianens Zimmer.
Sie sitzt auf ihrem Bett, hat die Zitternadel in der Hand und spiegelt damit, in den tiefsten Träumereien. Der Vater tritt herein, sie fährt auf und sucht die Zitternadel zu verbergen.

MARIANE. Ach Herr Jesus – –

WESENER. Na, so mach Sie doch das Kind nicht. *Geht einige Mal auf und ab, dann setzt er sich zu ihr.* Hör Marianel! Du weißt, ich bin dir gut, sei du nur recht aufrichtig gegen mich, es wird dein Schade nicht sein. Sag mir, hat dir der Baron was von der Lieb vorgesagt?

MARIANE *sehr geheimnisvoll.* Papa! – Er ist verliebt in mich, das ist wahr. Sieht Er einmal, diese Zitternadel hat er mir auch geschenkt.

WESENER. Was tausend Hagelwetter – Potz Mord noch einmal, – *nimmt ihr die Zitternadel weg* – hab ich dir nicht verboten –

MARIANE. Aber Papa, ich kann doch so grob nicht sein und es ihm abschlagen. Ich sag Ihm, er hat getan wie wütig, als ich's nicht annehmen wollte. *Läuft nach dem Schrank.* Hier sind auch Verse, die er auf mich gemacht hat. *Reicht ihm ein Papier.*

WESENER *liest laut.*

Du höchster Gegenstand von meinen reinen Trieben
Ich bet dich an, ich will dich ewig lieben.
Weil die Versicherung von meiner Lieb und Treu
Du allerschönstes Licht mit jedem Morgen neu.

Du allerschönstes Licht, ha ha ha.

MARIANE. Wart Er, ich will Ihm noch was weisen, er hat mir auch ein Herzchen geschenkt, mit kleinen Steinen besetzt in einem Ring.

Wieder zum Schrank. Der Vater besieht es gleichgültig.

WESENER *liest noch einmal.* Du höchster Gegenstand von meinen reinen Trieben. *Steckt die Verse in die Tasche.* Er denkt doch honett, seh ich. Hör aber, Marianel, was ich dir sage, du musst kein Präsent mehr von ihm annehmen. Das gefällt mir nicht, dass er dir so viele Präsente macht.

MARIANE. Das ist sein gutes Herz, Papa.

WESENER. Und die Zitternadel gib mir her, die will ich ihm zurückgeben. Lass mich nur machen, ich weiß schon, was zu deinem Glück dient, ich hab länger in der Welt gelebt als du, mein' Tochter, und du kannst nur immer allesfort mit ihm in die Komödien gehn, nur nimm jedes Mal die Madam Weyher mit, und lass dir nur immer nichts davon merken, als ob ich davon wüsste, sondern sag nur, dass er's recht geheim hält und dass ich sehr böse werden würde, wenn ich's erführe. Nur keine Präsente von ihm angenommen Mädel, um Gottes willen.

MARIANE. Ich weiß wohl, dass der Papa mir nicht übel raten wird. *Küsst ihm die Hand.* Er soll sehen, dass ich Seinem Rat in allen Stücken folgen werde. Und ich werde Ihm alles wieder erzählen, darauf kann Er sich verlassen.

WESENER. Na so denn. *Küsst sie.* Kannst noch einmal gnädige Frau werden, närrisches Kind. Man kann nicht wissen, was einem manchmal für ein Glück aufgehoben ist.

MARIANE. Aber Papa. *Etwas leise.* Was wird der arme Stolzius sagen?

WESENER. Du musst darum den Stolzius nicht so gleich abschrecken, hör einmal. – Nu, ich will dir schon sagen, wie du den Brief an ihn einzurichten hast. Unterdessen schlaf Sie gesund, Meerkatze.

MARIANE *küsst ihm die Hand.* Gute Nacht, Pappuschka! – *Da er fort ist, tut sie einen tiefen Seufzer und tritt ans Fenster, indem sie sich aufschnürt.* Das Herz ist mir so schwer. Ich glaub, es wird gewittern die Nacht. Wenn es einschlüge – *Sieht in die Höhe, die Hände über ihre offene Brust schlagend.* Gott, was hab ich denn Böses getan? – – Stolzius – ich lieb dich ja noch – aber wenn ich nun mein Glück besser machen kann – und Papa selber mir den Rat gibt. *Zieht die Gardine vor.* Trifft mich's so trifft mich's, ich sterb nicht anders als gerne. *Löscht ihr Licht aus.*

Zweiter Akt

Erste Szene

In Armentières.
Haudy und Stolzius spazieren an der Lys.

HAUDY. Er muss sich dadurch nicht gleich ins Bockshorn jagen lassen, guter Freund! Ich kenne den Desportes, er ist ein Spitzbube, der nichts sucht als sich zu amüsieren, er wird Ihm darum Seine Braut nicht gleich abspenstig machen wollen.

STOLZIUS. Aber das Gerede, Herr Major! Stadt und Land ist voll davon. Ich könnte mich den Augenblick ins Wasser stürzen, wenn ich dem Ding nachdenke.

HAUDY *fasst ihn untern Arm.* Er muss sich das nicht so zu Herzen gehen lassen, zum Teufel! Man muss viel über sich reden lassen in der Welt. Ich bin Sein bester Freund, das kann Er versichert sein, und ich würd es Ihm gewiss sagen, wenn Gefahr dabei wäre. Aber es ist nichts, Er bildt sich das nur so ein; mach Er nur, dass die Hochzeit noch diesen Winter sein kann, solang wir noch hier in Garnison liegen, und macht Ihm der Desportes alsdenn die geringste Unruhe, so bin ich Sein Mann, es soll Blut kosten, das versichere ich Ihn. Unterdessen kehr Er sich ans Gerede nicht, Er weiß wohl, die Jungfern, die am bravsten sind, von denen wird das meiste dumme Zeug räsonniert, das ist ganz natürlich, dass sich die jungen Fats zu rächen suchen, die nicht haben ankommen können.

Zweite Szene

Das Kaffeehaus.
Eisenhardt und Pirzel im Vordergrunde, auf einem Sofa und trinken Kaffee. Im Hintergrunde eine Gruppe Offiziere schwatzend und lachend.

EISENHARDT *zu Pirzel.* Es ist lächerlich, wie die Leute alle um den armen Stolzius herschwärmen, wie Fliegen um einen Honigkuchen. Der zupft ihn da, der stößt ihn hier, der geht mit ihm spazieren, der nimmt ihn ins Kabriolet, der spielt Billard mit ihm, wie Jagdhunde die Witterung haben. Und wie augenscheinlich sein Tuchhandel zugenommen hat, seitdem man weiß, dass er die schöne Jungfer heiraten wird, die neulich hier durchgegangen.

PIRZEL *fasst ihn an die Hand, mit viel Energie.* Woher kommt's, Herr Pfarrer, dass die Leute nicht denken? *Steht auf in einer sehr malerischen Stellung, halb nach der Gruppe zugekehrt.* Es ist ein vollkommenstes Wesen. Dieses vollkommenste Wesen kann ich entweder beleidigen oder nicht beleidigen.

EINER AUS DER GESELLSCHAFT *kehrt sich um.* Nun fängt er schon wieder an?

PIRZEL *sehr eifrig.* Kann ich es beleidigen, – *kehrt sich ganz gegen die Gesellschaft* – so würde es aufhören, das Vollkommenste zu sein.

EIN ANDERER AUS DER GESELLSCHAFT. Ja, ja, Pirzel, du hast recht, du hast ganz recht.

PIRZEL *kehrt sich geschwind zum Feldprediger.* Kann ich es nicht beleidigen – *Fasst ihn an die Hand und bleibt stockstill in tiefen Gedanken.*

ZWEI, DREI AUS DEM HAUFEN. Pirzel, zum Teufel, redst du mit uns?

PIRZEL *kehrt sich sehr ernsthaft zu ihnen.* Meine lieben Kameraden, ihr seid verehrungswürdige Geschöpfe Gottes, also kann ich euch nicht anders als respektieren und hochachten, ich bin auch ein Geschöpf Gottes, also müsst ihr mich gleichfalls in Ehren halten.

EINER. Das wollten wir dir auch raten.

PIRZEL *kehrt sich wieder zum Pfarrer.* Nun –

EISENHARDT. Herr Hauptmann, ich bin in allen Stücken Ihrer Meinung. Nur war die Frage, wie es den Leuten in den Kopf gebracht werden könnte, vom armen Stolzius abzulassen und nicht Eifersucht und Argwohn in zwei Herzen zu werfen, die vielleicht auf ewig einander glücklich gemacht haben würden.

PIRZEL *der sich mittlerweile gesetzt hatte, steht wieder sehr hastig auf.* Wie ich Ihnen die Ehre und das Vergnügen hatte zu sagen, Herr Pfarrer, das macht, weil die Leute nicht denken. Denken, denken, was der Mensch ist, das ist ja meine Rede. *Fasst ihn an die Hand.* Sehen Sie, das ist Ihre Hand, aber was ist das, Haut, Knochen, Erde – *klopft ihm auf den Puls* – da, da steckt es, das ist nur die Scheide, da steckt der Degen drein, im Blut, im Blut – *Sieht sich plötzlich herum, weil Lärm wird.*

Haudy tritt herein mit großem Geschrei.

HAUDY. Leute, nun hab ich ihn, es ist der frömmste Herrgott von der Welt. *Brüllt entsetzlich.* Madam Roux! Gleich lassen Sie Gläser schwenken und machen uns guten Punsch zurecht. Er wird gleich hier sein, ich bitte euch, geht mir artig mit dem Menschen um.

EISENHARDT *bückt sich vor.* Wer, Herr Major, wenn's erlaubt ist –

HAUDY *ohne ihn anzusehen.* Nichts, ein guter Freund von mir.

Die ganze Gesellschaft drängt sich um Haudy.

EINER. Hast du ihn ausgefragt, wird die Hochzeit bald sein?

HAUDY. Leute, ihr müsst mich schaffen lassen, sonst verderbt ihr mir den ganzen Handel. Er hat ein Zutrauen zu mir, sag ich euch, wie zum Propheten Daniel, und wenn einer von euch sich darein mengt, so ist alles verschissen. Er ist ohnedem eifersüchtig genug, das arme Herz, der Desportes macht ihm grausam zu schaffen, und ich hab ihn mit genauer Not gehalten, dass er nicht ins Wasser sprang. Mein Pfiff ist, ihm Zutrauen zu seinem Weibe beizubringen, er muss sie wohl kennen, dass sie keine von den sturmfesten ist. Das sei euch also zur Nachricht, dass ihr mir den Menschen nicht verderbt.

RAMMLER. Was willst du doch reden, ich kenn ihn besser als du, er hat eine feine Nase, das glaub du mir nur.

HAUDY. Und du eine noch feinere, merk ich.

RAMMLER. Du meinst, das sei das Mittel, sich bei ihm einzuschmeicheln, wenn man ihm Gutes von seiner Braut sagt. Du irrst dich, ich kenn ihn besser, grad das Gegenteil. Er stellt sich, als ob er dir's glaubte und schreibt es sich hinter die Ohren. Aber wenn man ihm seine Frau verdächtig macht, so glaubt er, dass wir's aufrichtig mit ihm meinen –

HAUDY. Mit deiner erhabenen Politik, Rotnase! Willst du dem Kerl den Kopf toll machen, meinst du, er hat nicht Grillen genug drin. Und wenn er sie sitzen lässt, oder sich aufhängt – so hast du's danach. Nicht wahr, Herr Pfarrer, eines Menschen Leben ist doch kein Pfifferling.

EISENHARDT. Ich menge mich in Ihren Kriegsrat nicht.

HAUDY. Sie müssen mir aber doch recht geben.

PIRZEL. Meine werten Brüder und Kameraden, tut niemand Unrecht. Eines Menschen Leben ist ein Gut, das er sich nicht selber gegeben hat. Nun aber hat niemand ein Recht auf ein Gut, das ihm von einem andern ist gegeben worden. Unser Leben ist ein solches Gut –

HAUDY *fasst ihn an die Hand.* Ja, Pirzel, du bist der bravste Mann, den ich kenne – *setzt sich zwischen ihn und den Pfarrer* –, aber der Jesuit *den Pfarr umarmend* –, der gern selber möchte Hahn im Korbe sein –

RAMMLER *setzt sich auf die andere Seite zum Pfarrer und zischelt ihm in die Ohren.* Herr Pfarrer, Sie sollen nur sehen, was ich dem Haudy für einen Streich spielen werde.

Stolzius tritt herein. Haudy springt auf.

HAUDY. Ah, mein Bester, kommen Sie, ich habe ein gut Glas Punsch für uns bestellen lassen. Der Wind hat uns vorhin so durchgeweht. *Führt ihn an einen Tisch.*

STOLZIUS, *den Hut abziehend zu den übrigen.* Meine Herren, Sie werden mir vergeben, dass ich so dreist bin, auf Ihr Kaffeehaus zu kommen, es ist auf Befehl des Herrn Majors geschehen.

Alle ziehen die Hüte ab, sehr höflich, und schneiden Komplimenten. Rammler steht auf und geht näher.

RAMMLER. O gehorsamer Diener, es ist uns eine besondere Ehre.

STOLZIUS *rückt noch einmal den Hut, etwas kaltsinnig, und setzt sich zu Haudy.* Es geht ein so scharfer Wind draußen, ich meine, wir werden Schnee bekommen.

HAUDY *eine Pfeife stopfend.* Ich glaub es auch. – Sie rauchen doch Herr Stolzius?

STOLZIUS. Ein wenig.

RAMMLER. Ich weiß nicht, wo denn unser Punsch bleibt, Haudy, – *steht auf* –, was die verdammte Roux so lange macht.

HAUDY. Bekümmere dich um deine Sachen. *Brüllt mit einer erschrecklichen Stimme.* Madam Roux! Licht her – und unser Punsch, wo bleibt er?

STOLZIUS. O mein Herr Major, als ich Ihnen Ungelegenheit machen sollte, würd es mir sehr von Herzen leidtun.

HAUDY. Ganz und gar nicht, lieber Freund. *Präsentiert ihm die Pfeife.* Die Lysluft kann doch wahrhaftig der Gesundheit nicht gar zu zuträglich sein.

RAMMLER *setzt sich zu ihnen an den Tisch.* Haben Sie neulich Nachrichten aus Lille gehabt? Wie befindet sich Ihre Jungfer Braut?

Haudy macht ihm ein Paar fürchterliche Augen, er bleibt lächelnd sitzen.

STOLZIUS *verlegen.* Zu Ihren Diensten, mein Herr – aber ich bitt gehorsamst um Verzeihung, ich weiß noch von keiner Braut, ich habe keine.

RAMMLER. Die Jungfer Wesener aus Lille, ist sie nicht Ihre Braut? Der Desportes hat es mir doch geschrieben, dass Sie verlobt wären.

STOLZIUS. Der Herr Desportes müsste es denn besser wissen als ich.

HAUDY *rauchend.* Der Rammler schwatzt immer in die Welt hinein, ohne zu wissen, was er redt und was er will.

EINER AUS DEM HAUFEN. Ich versichere Ihnen, Herr Stolzius, Desportes ist ein ehrlicher Mann.

STOLZIUS. Daran habe ich ja gar nicht gezweifelt.

HAUDY. Ihr Leute wisst viel vom Desportes. Wenn ihn ein Mensch kennen kann, so muss ich es doch wohl sein, er ist mir von seiner Mutter rekommandiert worden, als er ans Regiment kam, und hat nichts getan, ohne mich zurat zu ziehen. Aber ich versichere Ihnen, Herr Stolzius, dass Desportes ein Mensch ist, der Sentiment und Religion hat.

RAMMLER. Und wir sind Schulkameraden miteinander gewesen. Keinen blödern Menschen mit dem Frauenzimmer habe ich noch in meinem Leben gesehen.

HAUDY. Das ist wahr, darin hat er recht. Er ist nicht imstande, ein Wort hervorzubringen, sobald ihn ein Frauenzimmer freundlich ansieht.

RAMMLER *mit einer pedantisch plumpen Verstellung.* Ich glaube in der Tat – wo mir recht ist – ja es ist wahr, er korrespondiert noch mit ihr, ich habe den Tag seiner Abreise einen Brief gelesen, den er an eine Mademoiselle in Brüssel schrieb, in die er ganz zum Erstaunen verliebt war. Er wird sie wohl nun bald heiraten, denke ich.

EINER AUS DER GESELLSCHAFT. Ich kann nur nicht begreifen, was er so lang in Lille macht.

HAUDY. Wetter Element, wo bleibt unser Punsch denn – Madam Roux!!!

RAMMLER. In Lille! O das kann euch niemand erklären als ich, denn ich weiß um alle seine Geheimnisse. Aber es lässt sich nicht öffentlich sagen.

HAUDY *verdrießlich.* So sag heraus, Narre! Was hältst du hinter dem Berge?

RAMMLER *lächelnd.* Ich kann euch nur so viel sagen, dass er eine Person dort erwartet, mit der er in der Stille fortreisen will.

STOLZIUS *steht auf und legt die Pfeife weg.* Meine Herren, ich habe die Ehre mich Ihnen zu empfehlen.

HAUDY *erschrocken.* Was ist – wohin liebster Freund – wir werden den Augenblick bekommen.

STOLZIUS. Sie nehmen mir's nicht übel – mir ist den Moment etwas zugestoßen.

HAUDY. Was denn? – Der Punsch wird Ihnen gut tun, ich versichere Sie.

STOLZIUS. Dass ich mich nicht wohl befinde, lieber Herr Major. Sie werden mir verzeihen – erlauben Sie – aber ich kann keinen Augenblick länger hier bleiben, oder ich falle um –

HAUDY. Das ist die Rheinluft – oder war der Tabak zu stark?

STOLZIUS. Leben Sie wohl. *Geht wankend ab.*

HAUDY. Da haben wir's. Mit euch verfluchten Arschgesichtern!

RAMMLER. Ha ha ha ha – *Besinnt sich eine Weile, herumgehend.* Ihr dummen Teufels, seht ihr denn nicht, dass ich das alles mit Fleiß angestellt habe – Herr Pfarrer, hab ich's Ihnen nicht gesagt?

EISENHARDT. Lassen Sie mich aus dem Spiel, ich bitte Sie.

HAUDY. Du bist eine politische Gans, ich werde dir das Genick umdrehen.

RAMMLER. Und ich brech dir Arm und Bein entzwei und werf sie zum Fenster hinaus. *Spaziert thrasonisch umher.* Ihr kennt meine Finten noch nicht.

HAUDY. Ja, du steckst voll Finten wie ein alter Pelz voll Läuse. Du bist ein Kerl zum Speien mit deiner Politik.

RAMMLER. Und ich pariere, dass ich dich und all euch Leute hier beim Stolzius in Sack stecke, wenn ich's darauf ansetze.

HAUDY. Hör, Rammler! Es ist nur schade, dass du ein bisschen zu viel Verstand bekommen hast, denn er macht sich selber zunicht, es geht dir wie einer allzu vollen Bouteille, die man umkehrt und doch kein Tropfen herausläuft, weil einer dem andern im Wege steht. Geh, geh, wenn ich eine Frau habe, geb ich dir die Erlaubnis, bei ihr zu schlafen, wenn du sie dahin bringen kannst.

RAMMLER *sehr schnell auf und ab gehend.* Ihr sollt nur sehen, was ich aus dem Stolzius noch machen will. *Ab.*

HAUDY. Der Kerl macht einem das Gallenfieber mit seiner Dummheit. Er kann nichts, als andern Leuten das Konzept verderben.

EINER. Das ist wahr, er mischt sich in alles.

MARY. Er hat den Kopf immer voll Intrigen und Ränken, und meint andere Leute können ebenso wenig darohne leben als er. Letzt sagt ich dem Reitz ins Ohr, er möcht mir doch auf morgen seine Sporen leihen; ist er mir nicht den ganzen Tag nachgegangen und hat mich um Gottes willen gebeten, ich möcht ihm sagen, was wir vorhätten. Ich glaub, es ist ein Staatsmann an ihm verdorben.

EIN ANDRER. Neulich stellt ich mich an ein Haus, einen Brief im Schatten zu lesen, er meinte gleich, es wär ein Liebesbrief, der mir aus dem Hause wär herabgeworfen worden, und ist die ganze Nacht bis um zwölf Uhr um das Haus herumgeschlichen. Ich dachte, ich sollte aufbersten vor Lachen, es wohnt ein alter Jude von sechzig Jahren in dem Hause, und er hatte überall in der Straße Schildwachten ausgestellt, die mir auflauren sollten und ihm ein Zeichen geben, wenn ich hereinginge. Ich habe einem von den Kerls mit drei Livres das ganze Geheimnis abgekauft; ich dacht, ich sollte rasend werden.

ALLE. Ha, ha, ha, und er meint, es sei ein hübsch Mädchen drin.

MARY. Hört einmal, wollt ihr einen Spaß haben der echt ist, so wollen wir den Juden avertieren, es sei einer da, der Absichten auf sein Geld habe.

HAUDY. Recht, recht, dass euch die schwere Not, wollen wir gleich zu ihm gehen. Das soll uns eine Komödie geben, die ihresgleichen nicht hat. Und du, Mary, bring ihn nur immer mehr auf die Gedanken, dass da die schönste Frau in ganz Armentières wohnt, und dass Gilbert dir anvertraut hat, er werde diese Nacht zu ihr gehn.

Dritte Szene

In Lille.
Mariane weinend auf einem Lehnstuhl, einen Brief in der Hand. Desportes tritt herein.

DESPORTES. Was fehlt Ihnen, mein goldenes Marianel, was haben Sie?

MARIANE *will den Brief in die Tasche stecken.* Ach –

DESPORTES. Um Himmels willen, was ist das für ein Brief, der Ihnen Tränen verursachen kann?

MARIANE *etwas leiser.* Sehen Sie nur, was mir der Mensch, der Stolzius schreibt, recht als ob er ein Recht hätte, mich auszuschelten. *Weint wieder.*

DESPORTES *liest stille.* Das ist ein impertinenter Esel. Aber sagen Sie mir, warum wechseln Sie Briefe mit solch einem Hundejungen?

MARIANE *trocknet sich die Augen.* Ich will Ihnen nur sagen, Herr Baron, es ist, weil er angehalten hat um mich und ich ihm schon so gut als halb versprochen bin.

DESPORTES. Er um Sie angehalten? Wie darf sich der Esel das unterstehen? Warten Sie, ich will ihm den Brief beantworten.

MARIANE. Ja, mein lieber Herr Baron! Und Sie können nicht glauben, was ich mit meinem Vater auszustehen habe, er liegt mir immer in den Ohren, ich soll mir mein Glück nicht verderben.

DESPORTES. Ihr Glück – mit solch einem Lümmel. Was denken Sie doch, liebstes Marianel, und was denkt Ihr Vater? Ich kenne ja des Menschen seine Umstände. Und kurz und gut, Sie sind für keinen Bürger gemacht.

MARIANE. Nein, Herr Baron, davon wird nichts, das sind nur leere Hoffnungen, mit denen Sie mich hintergehen. Ihre Familie wird das nimmermehr zugeben.

DESPORTES. Das ist meine Sorge. Haben Sie Feder und Tinte, ich will dem Lumpenhund seinen Brief beantworten, warten Sie einmal.

MARIANE. Nein, ich will selber schreiben.

Setzt sich an den Tisch und macht das Schreibzeug zurecht, er stellt sich ihr hinter die Schulter.

DESPORTES. So will ich Ihnen diktieren.

MARIANE. Das sollen Sie auch nicht.

Schreibt.

DESPORTES *liest ihr über die Schulter.* Monsieur – Flegel setzen Sie dazu. *Tunkt eine Feder ein und will dazu schreiben.*

MARIANE *beide Arme über den Brief ausbreitend.* Herr Baron –

Sie fangen an zu schäkern; sobald sie den Arm rückt, macht er Miene zu schreiben; nach vielem Lachen gibt sie ihm mit der nassen Feder eine große Schmarre übers Gesicht. Er läuft zum Spiegel, sich abzuwischen, sie schreibt fort.

DESPORTES. Ich belaure Sie doch.

Er kommt näher, sie droht ihm mit der Feder, endlich steckt sie das Blatt in die Tasche; er will sie daran verhindern, sie ringen zusammen; Marie kitzelt ihn, er macht ein erbärmliches Geschrei, bis er endlich halb atemlos auf den Lehnstuhl fällt.

WESENER *tritt herein.* Na, was gibt's – die Leute von der Straße werden bald hereinkommen.

MARIANE *erholt sich.* Papa, denkt doch, was der grobe Flegel, der Stolzius, mir für einen Brief schreibt, er nennt mich Ungetreue! Denk doch, als ob ich die Säue mit ihm gehütet hätte, aber ich will ihm antworten darauf, das er sich nicht vermuten soll, der Grobian.

WESENER. Zeig mir her den Brief – ei sieh doch die Jungfer Zipfersaat – ich will ihn unten im Laden lesen. *Ab.*

Junger Zipfersaat tritt herein.

MARIANE *hier und da launigt herumknicksend.* Jungfer Zipfersaat, hier hab ich die Ehre, dir einen Baron zu präsentieren, der sterblich verliebt in dich ist. Hier, Herr Baron, ist die Jungfer, von der wir so viel gesprochen haben, und in die Sie sich neulich in der Komödie so sterblich verschameriert haben.

JUNGFER ZIPFERSAAT *beschämt.* Ich weiß nicht, wie du bist, Marianel.

MARIANE *einen tiefen Knicks.* Jetzt können Sie Ihre Liebesdeklaration machen.

Läuft ab, die Kammertür hinter sich zuschlagend. Jungfer Zipfersaat, ganz verlegen, tritt ans Fenster. Desportes, der sie verächtlich angesehen, passt auf Marianen, die von Zeit zu Zeit die Kammertür ein wenig eröffnet. Endlich steckt sie den Kopf heraus.

MARIANE *höhnisch.* Na, seid ihr bald fertig?

Desportes sucht sich zwischen die Tür einzuklemmen, Mariane sticht ihn mit einer großen Stecknadel fort; er schreit und läuft plötzlich heraus, um durch eine andere Tür in jenes Zimmer zu kommen. Jungfer Zipfersaat geht ganz verdrießlich fort, derweil das Geschrei und Gejauchz im Nebenzimmer fortwährt.

WESENERS ALTE MUTTER *kriecht durch die Stube, die Brille auf der Nase, setzt sich in eine Ecke des Fensters und strickt und singt, oder krächzt vielmehr mit ihrer alten rauen Stimme.*

Ein Mädele jung ein Würfel ist
Wohl auf den Tisch gelegen:
Das kleine Rösel aus Hennegau
Wird bald zu Gottes Tisch gehen.

Zählt die Maschen ab.

Was lächelst so froh mein liebes Kind
Dein Kreuz wird dir'n schon kommen
Wenn's heißt das Rösel aus Hennegau
Hab nun einen Mann genommen.

O Kindlein mein, wie tut's mir so weh
Wie dir dein' Äugelein lachen
Und wenn ich die tausend Tränelein seh
Die werden dein Bäckelein waschen.

Indessen dauert das Geschäker im Nebenzimmer fort. Die alte Frau geht hinein, sie zu berufen.

Dritter Akt

Erste Szene

In Armentières. Des Juden Haus.
Rammler mit einigen verkleideten Leuten, die er stellt.

RAMMLER *zum letzten.* Wenn jemand hineingeht, so huste – ich will mich unter die Treppe verstecken, dass ich ihm gleich nachschleichen kann. *Verkriecht sich unter die Treppe.*

AARON *sieht aus dem Fenster.* Gad, was ein gewaltiger Kamplat ist das unter meinem eignen Hause.

Mary im Rocklor eingewickelt kommt die Gasse heran, bleibt unter des Juden Fenster stehen und lässt ein subtiles Pfeifchen hören.

AARON *leise herab.* Sein Sie's, gnädiger Herr? *Jener winkt.* Ich werde soglach aufmachen.

Mary geht die Treppe hinauf. Einer hustet leise. Rammler schleicht ihm auf den Zehen nach, ohne dass der sich umsieht. Der Jude macht die Tür auf, beide gehen hinein.

Der Schauplatz verwandelt sich in das Zimmer des Juden. Es ist stockdunkel. Mary und Aaron flüstern sich in die Ohren. Rammler schleicht immer von Weitem herum, weicht aber gleich zurück, sobald jene eine Bewegung machen.

MARY. Er ist hier drinne.

AARON. O wai mer.

MARY. Still nur, er soll Euch kein Leides tun, lasst mit Euch machen, was er will, und wenn er Euch auch knebelte, in einer Minute bin ich wieder bei Euch mit der Wache, es soll ihm übel genug bekommen. Legt Euch nur zu Bette.

AARON. Wenn er mich aber ams Leben bringt, he?

MARY. Seid nur ohne Sorgen, ich bin im Augenblick wieder da. Er kann sonst nicht überführt werden. Die Wache steht hier unten schon parat, ich will sie nur hereinrufen. Legt Euch – *Geht hinaus.*

Der Jude legt sich zu Bette. Rammler schleicht näher hin an.

AARON *klappt mit den Zähnen.* Adonai! Adonai!

RAMMLER *vor sich.* Ich glaube gar, es ist eine Jüdin. *Laut, indem er Marys Stimme nachzuahmen sucht.* Ach mein Schätzchen, wie kalt ist es draußen.

AARON *immer leiser.* Adonai!

RAMMLER. Du kennst mich doch, ich bin dein Mann nicht, ich bin Mary. *Zieht sich Stiefel und Rock aus.* Ich glaube, wir werden noch Schnee bekommen, so kalt ist es.

Mary mit einem großen Gefolge Offizieren mit Laternen stürzen herein und schlagen ein abscheulich Gelächter auf. Der Jude richtet sich erschrocken auf.

HAUDY. Bist du toll geworden, Rammler, willst du mit dem Juden Unzucht treiben?

RAMMLER *steht wie versteinert da. Endlich zieht er seinen Degen.* Ich will euch in Kreuz Millionen Stücken zerhauen alle miteinander. *Läuft verwirrt heraus. Die andern lachen nur noch rasender.*

AARON. Ich bin wäs Gad halb tot gewesen. *Steht auf.*

Die andern laufen alle Rammlern nach, der Jude folgt ihnen.

Zweite Szene

Stolzius' Wohnung.
Er sitzt mit verbundenem Kopf an einem Tisch, auf dem eine Lampe brennt, einen Brief in der Hand, seine Mutter neben ihm.

MUTTER *die auf einmal sich ereifert.* Willst du denn nicht schlafen gehen, du gottloser Mensch! So red doch, so sag, was dir fehlt. Das Luder ist deiner nicht wert gewesen. Was grämst du dich, was wimmerst du um eine solche – Soldatenhure.

STOLZIUS *mit dem äußersten Unwillen vom Tisch sich aufrichtend.* Mutter –

MUTTER. Was ist sie denn anders – du – und du auch, dass du dich an solche Menscher hängst.

STOLZIUS *fasst ihr beide Hände.* Liebe Mutter, schimpft nicht auf sie, sie ist unschuldig, der Offizier hat ihr den Kopf verrückt. Seht einmal, wie sie mir sonst geschrieben hat. Ich muss den Verstand verlieren darüber. Solch ein gutes Herz.

MUTTER *steht auf und stampft mit dem Fuß.* Solch ein Luder – Gleich zu Bett mit dir, ich befehl es dir. Was soll daraus werden, was soll da herauskommen. Ich will dir weisen, junger Herr, dass ich deine Mutter bin.

STOLZIUS *an seine Brust schlagend.* Marianel – nein, sie ist es nicht mehr, sie ist nicht dieselbige mehr – *Springt auf.* Lasst mich –

MUTTER *weint.* Wohin, du Gottvergessener?

STOLZIUS. Ich will dem Teufel, der sie verkehrt hat – *Fällt kraftlos auf die Bank, beide Hände in die Höhe.* O du sollst mir's bezahlen, du sollst mir's bezahlen. *Kalt.* Ein Tag ist wie der andere, was nicht heut kommt, kommt morgen, und was langsam kommt, kommt gut. Wie heißt's in dem Liede, Mutter, wenn ein Vögelein von einem Berge alle

Jahre ein Körnlein wegtrüge, endlich würde es ihm doch gelingen.

MUTTER. Ich glaube du fantasierst schon. *Greift ihm an den Puls.* Leg dich zu Bett, Karl, ich bitte dich um Gottes willen. Ich will dich warm zudecken, was wird da herauskommen, du großer Gott, das ist ein hitziges Fieber – um solch eine Metze –

STOLZIUS. Endlich – endlich – – alle Tage ein Sandkorn, ein Jahr hat zehn zwanzig dreißig hundert – *Die Mutter will ihn fortleiten.* Lasst mich Mutter, ich bin gesund.

MUTTER. Komm nur, komm – *Ihn mit Gewalt fortschleppend.* – Narre! – Ich werd dich nicht loslassen, das glaub mir nur. *Ab.*

Dritte Szene

In Lille.
Jungfer Zipfersaat. Eine Magd aus Weseners Hause.

JUNGFER ZIPFERSAAT. Sie ist zu Hause, aber sie lässt sich nicht sprechen? Denk doch, ist sie so vornehm geworden?

MAGD. Sie sagt, sie hat zu tun, sie liest in einem Buch.

JUNGFER ZIPFERSAAT. Sag Sie ihr nur, ich hätt ihr etwas zu sagen, woran ihr alles in der Welt gelegen ist.

Mariane kommt, ein Buch in der Hand. Mit nachlässigem Ton.

MARIANE. Guten Morgen, Jungfer Zipfersaat. Warum hat Sie sich nicht gesetzt?

JUNGFER ZIPFERSAAT. Ich kam Ihr nur zu sagen, dass der Baron Desportes diesen Morgen weggelaufen ist.

MARIANE. Was redst du da? *Ganz außer sich.*

JUNGFER ZIPFERSAAT. Sie kann es mir glauben, er ist meinem Vetter über die siebenhundert Taler schuldig geblieben, und als sie auf sein Zimmer kamen, fanden sie alles ausgeräumt und einen Zettel auf dem Tisch, wo er ihnen schrieb, sie sollten sich keine vergebliche Mühe geben, ihm nachzusetzen, er hab seinen Abschied genommen und wolle in österreichische Dienste gehen.

MARIANE *schluchzend, läuft heraus und ruft:* Papa! Papa!

WESENER *hinter der Szene.* Na was ist?

MARIANE. Komm Er doch geschwind herauf, lieber Papa!

JUNGER ZIPFERSAAT. Da sieht Sie, wie die Herren Offiziere sind. Das hätt ich Ihr wollen zum Voraus sagen.

WESENER *kommt herein.* Na, was ist – Ihr Diener, Jungfer Zipfersaat.

MARIANE. Papa, was sollen wir anfangen? Der Desportes ist weggelaufen.

WESENER. Ei sieh doch, wer erzählt dir denn so artige Histörchen?

MARIANE. Er ist dem jungen Herrn Seidenhändler Zipfersaat siebenhundert Taler schuldig geblieben und hat einen Zettel auf dem Tisch gelassen, dass er in seinem Leben nicht nach Flandern wiederkommen will.

WESENER *sehr böse.* Was das ein gottloses verdammtes Gered – *Sich auf die Brust schlagend.* Ich sag gut für die siebenhundert Taler, versteht Sie mich, Jungfer Zipfersaat? Und für noch einmal so viel, wenn Sie's haben will. Ich hab mit dem Hause über die dreißig Jahr verkehrt, aber das sind die gottsvergessenen Neider –

JUNGFER ZIPFERSAAT. Das wird meinem Vetter eine große Freude machen, Herr Wesener, wenn Sie es auf sich nehmen wollen, den guten Namen vom Herrn Baron zu retten.

WESENER. Ich geh mit Ihr, den Augenblick. *Sucht seinen Hut.* Ich will den Leuten das Maul stopfen, die sich unterstehen wollen, mir das Haus in üblen Ruf zu bringen, versteht Sie mich.

MARIANE. Aber Papa – *Ungeduldig.* Oh, ich wünschte, dass ich ihn nie gesehen hätte.

Wesener und Jungfer Zipfersaat gehen ab.

MARIANE *wirft sich in den Sorgstuhl, und nachdem sie eine Weile in tiefen Gedanken gesessen, ruft sie ängstlich:* Lotte! – – Lotte!

Charlotte kommt.

CHARLOTTE. Na was willst du denn, dass du mich so rufst?

MARIANE *geht ihr entgegen.* Lottchen – mein liebes Lottchen. *Ihr unter dem Kinn streichelnd.*

CHARLOTTE. Na Gott behüt, wo kommt das Wunder?

MARIANE. Du bist auch mein allerbestes Scharlottel, du.

CHARLOTTE. Gewiss will Sie wieder Geld von mir leihen.

MARIANE. Ich will dir auch alles zu Gefallen tun.

CHARLOTTE. Ei was, ich habe nicht Zeit. *Will gehen.*

MARIANE *hält sie.* So hör doch – nur für einen Augenblick – kannst du mir nicht helfen, einen Brief schreiben?

CHARLOTTE. Ich habe nicht Zeit.

MARIANE. Nur ein paar Zeilen – ich lass dir auch die Perlen für sechs Livres.

CHARLOTTE. An wen denn?

MARIANE *beschämt.* An den Stolzius.

CHARLOTTE *fängt an zu lachen.* Schlägt Ihr das Gewissen?

MARIANE *halb weinend.* So lass doch –

CHARLOTTE *setzt sich an den Tisch.* Na, was willst du ihm denn schreiben – Sie weiß, wie ungern ich schreib.

MARIANE. Ich hab so ein Zittern in den Händen – schreib so oben oder in einer Reihe wie du willst: »Mein liebwertester Freund.«

CHARLOTTE. Mein liebwertester Freund.

MARIANE. »Dero haben in Ihren letzten Schreiben mir billige Gelegenheit gegeben, da meine Ehre angegriffen.«

CHARLOTTE. Angegriffen.

MARIANE. »Indessen müssen nicht alle Ausdrücke auf der Waagschale legen, sondern auf das Herz ansehen, das Ihnen« – wart, wie soll ich nun schreiben.

CHARLOTTE. Was weiß ich?

MARIANE. So sag doch, wie heißt das Wort nun.

CHARLOTTE. Weiß ich denn, was du ihm schreiben willst.

MARIANE. »Dass mein Herz und –« *Fängt an zu weinen und wirft sich in den Lehnstuhl.*

CHARLOTTE *sieht sie an und lacht.* Na, was soll ich ihm denn schreiben?

MARIANE *schluchzend.* Schreib was du willst.

CHARLOTTE *schreibt und liest.* »Dass mein Herz nicht so wankelmütig ist als Sie es sich vorstellen« – ist so recht?

MARIANE *springt auf und sieht ihr über die Schulter.* Ja, so ist recht, so ist recht. *Sie umhalsend.* Mein altes Scharlottel, du.

CHARLOTTE. Na, so lass Sie mich doch ausschreiben.

MARIANE *spaziert ein paarmal auf und ab, dann springt sie plötzlich zu ihr, reißt ihr das Papier unter dem Arm weg und zerreißt's in tausend Stücken.*

CHARLOTTE *in Wut.* Na seht doch – ist das nicht ein Luder – eben da ich den besten Gedanken hatte – aber so eine Canaille ist Sie.

MARIANE. Canaille vous même.

CHARLOTTE *droht ihr mit dem Tintenfass.* Du –

MARIANE. Sie sucht einen noch mehr zu kränken, wenn man schon im Unglück ist.

CHARLOTTE. Luder! Warum zerreißt du denn, da ich eben im besten Schreiben bin.

MARIANE *ganz hitzig.* Schimpf nicht!

CHARLOTTE *auch halb weinend.* Warum zerreißt du denn?

MARIANE. Soll ich ihm denn vorlügen? *Fängt äußerst heftig an zu weinen und wirft sich mit dem Gesicht auf einen Stuhl.*

WESENER *tritt herein.*

Mariane sieht auf und fliegt ihm an den Hals.

MARIANE *zitternd.* Papa, lieber Papa, wie steht's – um Gottes willen, red Er doch.

WESENER. So sei doch nicht so närrisch, er ist ja nicht aus der Welt, Sie tut ja wie abgeschmackt –

MARIANE. Wenn er aber fort ist –

WESENER. Wenn er fort ist, so muss er wiederkommen, ich glaube, Sie hat den Verstand verloren und will mich auch wunderlich machen. Ich kenne das Haus seit länger als gestern, sie werden doch das nicht wollen auf sich sitzen lassen. Kurz und gut, schick herauf zu unserm Notarius droben, ob er zu Hause ist, ich will den Wechsel, den ich für ihn unterschrieben habe, fidimieren lassen, zugleich die Kopie von dem Promesse de Mariage, und alles den Eltern zuschicken.

MARIANE. Ach Papa, lieber Papa! Ich will gleich selber laufen und ihn holen.

Läuft über Hals und Kopf ab.

WESENER. Das Mädel kann, Gott verzeih mir, einem Louis quatorze selber das Herz machen in die Hosen fallen. Aber schlecht ist das auch von Monsieur le Baron, ich will es bei seinem Herrn Vatter schon für ihn kochen, wart du nur. – Wo bleibt sie denn? *Geht Marianen nach.*

Vierte Szene

In Armentières.
Ein Spaziergang auf dem eingegangenen Stadtgraben.
Eisenhardt und Pirzel spazieren.

EISENHARDT. Herr von Mary will das Semester in Lille zubringen, was mag das zu bedeuten haben? Er hat doch dort keine Verwandte, soviel ich weiß.

PIRZEL. Er ist auch keiner von denen, die es weghaben. Flüchtig, flüchtig – Aber der Obristleutnant, das ist ein Mann.

EISENHARDT *beiseite.* Weh mir, wie bring ich den Menschen aus seiner Metaphysik zurück – *Laut.* Um den Menschen zu kennen, müsste man meines Erachtens bei dem Frauenzimmer anfangen.

PIRZEL *schüttelt den Kopf.*

EISENHARDT *beiseite.* Was die andern zu viel sind, ist der zu wenig. O Soldatenstand, furchtbare Ehlosigkeit, was für Karikaturen machst du aus den Menschen.

PIRZEL. Sie meinen beim Frauenzimmer – das wär grad, als ob man bei den Schafen anfinge. Nein, was der Mensch ist – *Den Finger an der Nase.*

EISENHARDT *beiseite.* Der philosophiert mich zu Tode. *Laut.* Ich habe die Anmerkung gemacht, dass man in diesem Monat keinen Schritt vors Tor tun kann, wo man nicht einen Soldaten mit einem Mädchen karessieren sieht.

PIRZEL. Das macht, weil die Leute nicht denken.

EISENHARDT. Aber hindert Sie das Denken nicht zuweilen im Exerzieren?

PIRZEL. Ganz und gar nicht, das geht so mechanisch. Haben doch die andern auch nicht die Gedanken beisammen, sondern schweben ihnen alleweile die schönen Mädchens vor den Augen.

EISENHARDT. Das muss seltsame Bataillen geben. Ein ganzes Regiment mit verrückten Köpfen muss Wundertaten tun.

PIRZEL. Das geht alles mechanisch.

EISENHARDT. Ja, aber Sie laufen auch mechanisch. Die preußischen Kugeln müssen Sie bisweilen sehr unsanft aus Ihren süßen Träumen geweckt haben. *Gehen weiter.*

Fünfte Szene

In Lille. Marys Wohnung.
Mary. Stolzius als Soldat.

MARY *zeichnet, sieht auf.* Wer da? *Sieht ihn lang an und steht auf.* Stolzius?

STOLZIUS. Ja, Herr.

MARY. Wo zum Sackerment kommt Ihr denn her? Und in diesem Rock? *Kehrt ihn um.* Wie verändert, wie abgefallen, wie blass? Ihr könntet mir's hundertmal sagen, Ihr wärt Stolzius, ich glaubt es Euch nicht.

STOLZIUS. Das macht der Schnurrbart, gnädiger Herr. Ich hörte, dass Ew. Gnaden einen Bedienten brauchten, und weil ich dem Herrn Obristen sicher bin, so hat er mir die Erlaubnis gegeben hieherzukommen, um allenfalls Ihnen einige Rekruten anwerben zu helfen und Sie zu bedienen.

MARY. Bravo! Ihr seid ein braver Kerl! Und das gefällt mir, dass Ihr dem König dient. Was kommt auch heraus bei dem Philisterleben. Und Ihr habt was zuzusetzen, Ihr könnt honett leben und es noch einmal weit bringen, ich will für Euch sorgen, das könnt Ihr versichert sein. Kommt nur, ich will gleich ein Zimmer für Euch besprechen, Ihr sollt diesen ganzen Winter bei mir bleiben, ich will es schon gut machen beim Obristen.

STOLZIUS. Solang ich meine Schildwachten bezahle, kann mir niemand was anhaben. *Gehen ab.*

Sechste Szene

Frau Wesenern. Mariane. Charlotte.

FRAU WESENERN. Es ist eine Schande, wie Sie mit ihm umgeht. Ich seh keinen Unterschied, wie du dem Desportes begegnet bist, so begegnest du ihm auch.

MARIANE. Was soll ich denn machen Mama? Wenn er nun sein bester Freund ist und er uns allein noch Nachrichten von ihm verschaffen kann.

CHARLOTTE. Wenn er dir nicht so viele Präsente machte, würdst du auch anders mit ihm sein.

MARIANE. Soll ich ihm denn die Präsente ins Gesicht zurückwerfen? Ich muss doch wohl höflich mit ihm sein, da er noch der einzige ist, der mit ihm korrespondiert. Wenn ich ihn abschrecke, da wird schön Dings herauskommen, er fängt ja alle Briefe auf, die der Papa an seinen Vater schreibt, das hört Sie ja.

FRAU WESENERN. Kurz und gut, du sollst nun nicht ausfahren mit diesem, ich leid es nicht.

MARIANE. So komm Sie denn mit, Mama! Er hat Pferd und Kabriolet bestellt, sollen die wieder zurückfahren?

FRAU WESENER. Was geht's mich an?

MARIANE. So komm du denn mit, Lotte – Was fang ich nun an? Mama, Sie weiß nicht was ich alles ausstehe um Ihrentwillen.

CHARLOTTE. Sie ist frech obenein.

MARIANE. Schweig du nur still.

LOTTE *etwas leise für sich.* Soldatenmensch.

MARIANE *tut als ob sie's nicht hörte und fährt fort, sich vor dem Spiegel zu putzen.* Wenn wir den Mary beleidigen, so haben wir alles uns selber vorzuwerfen.

LOTTE *laut, indem sie schnell zur Stube hinausgeht.* Soldatenmensch!

MARIANE *kehrt sich um.* Seh Sie nur, Mama! *Die Hände faltend.*

FRAU WESENER. Wer kann dir helfen, du machst es danach.

Mary tritt herein.

MARIANE *heitert schnell ihr Gesicht auf. Mit der größten Munterkeit und Freundlichkeit ihm entgegengehend.* Ihre Dienerin, Herr von Mary! Haben Sie wohl geschlafen?

MARY. Unvergleichlich, meine gnädige Mademoiselle! Ich habe das ganze gestrige Feuerwerk im Traum zum andernmal gesehen.

MARIANE. Es war doch recht schön.

MARY. Es muss wohl schön gewesen sein, weil es Ihre Approbation hat.

MARIANE. Oh, ich bin keine Connoisseuse von den Sachen, ich sage nur wieder, wie ich es von Ihnen gehört habe. *Er küsst ihr die Hand, sie macht einen tiefen Knicks.* Sie sehen uns hier noch ganz in Rumor, meine Mutter wird gleich fertig sein.

MARY. Madam Wesener kommen also mit?

FRAU WESENER *trocken.* Wieso? Ist kein Platz für mich da?

MARY. O ja, ich steh hinten auf und mein Caspar kann zu Fuß vorangehn.

MARIANE. Hören Sie, Ihr Soldat gleicht sehr viel einem gewissen Menschen, den ich ehemals gekannt habe und der auch um mich angehalten hat.

MARY. Und Sie gaben ihm ein Körbchen. Daran ist auch der Desportes wohl schuld gewesen.

MARIANE. Er hat mir's eingetränkt.

MARY. Wollen wir? *Er bietet ihr die Hand, sie macht ihm einen Knicks und winkt auf ihre Mutter, er gibt Frau Wesenern die Hand und sie folgt ihnen.*

Siebente Szene

In Philippeville.
Desportes allein, ausgezogen, in einem grünen Zimmer, einen Brief schreibend, ein brennend Licht vor ihm.

DESPORTES *brummt indem er schreibt.* Ich muss ihr doch das Maul schmieren ein wenig, sonst nimmt das Briefschreiben kein Ende, und mein Vater fängt noch wohl gar einmal einen auf. *Liest den Brief.* »Ihr bester Vater ist böse auf mich, dass ich ihn so lange aufs Geld warten lasse, ich bitte Sie, besänftigen Sie ihn, bis ich eine bequeme Gelegenheit finde, meinem Vater alles zu entdecken und ihn zu der Einwilligung zu bewegen, Sie, meine Geliebte, auf ewig zu besitzen. Denken Sie, ich bin in der größten Angst, dass er nicht schon einige von Ihren Briefen aufgefangen hat, denn ich sehe aus Ihrem letzten, dass Sie viele an mich müssen geschrieben haben, die ich nicht erhalten habe. Und das könnte uns alles verderben. Darf ich bitten, so schreiben Sie nicht eher an mich, als bis ich Ihnen eine neue Adresse geschickt habe, unter der ich die Briefe sicher erhalten kann.« *Siegelt zu.* Wenn ich den Mary recht verliebt in sie machen könnte, dass sie mich vielleicht vergisst. Ich will ihm schreiben, er soll nicht von meiner Seite kommen, wenn ich meine anbetungswürdige Mariane werde glücklich gemacht haben, er soll ihr Cicisbeo sein, wart nur. *Spaziert einige Mal tiefsinnig auf und nieder, dann geht er heraus.*

Achte Szene

In Lille. Der Gräfin La Roche Wohnung.
Die Gräfin. Ein Bedienter.

GRÄFIN *sieht nach ihrer Uhr.* Ist der junge Herr noch nicht zurückgekommen?

BEDIENTER. Nein, gnädige Frau.

GRÄFIN. Gebt mir den Hauptschlüssel und legt Euch schlafen. Ich werde dem jungen Herrn selber aufmachen. Was macht Jungfer Cathrinchen?

BEDIENTER. Sie hat den Abend große Hitze gehabt.

GRÄFIN. Geht nur noch einmal hinein und seht, ob die Mademoiselle auch noch munter ist. Sagt ihr nur, ich gehe nicht zu Bett, um ein Uhr werde ich kommen und sie ablösen.

BEDIENTER *ab.*

GRÄFIN *allein.* Muss denn ein Kind seiner Mutter bis ins Grab Schmerzen schaffen? Wenn du nicht mein Einziger wärst und ich dir kein so empfindliches Herz gegeben hätte – *Man pocht. Sie geht heraus und kommt wieder herein mit ihm.*

JUNGER GRAF. Aber gnädige Mutter, wo ist denn der Bediente, die verfluchten Leute, wenn es nicht so spät wäre, ich ließ den Augenblick nach der Wache gehen und ihm alle Knochen im Leibe entzweischlagen.

GRÄFIN. Sachte, sachte mein Sohn. Wie wenn ich mich nun gegen dich so übereilte, wie du gegen den unschuldigen Menschen.

JUNGER GRAF. Aber es ist doch nicht auszuhalten.

GRÄFIN. Ich selbst habe ihn zu Bett geschickt. Ist's nicht genug, dass der Kerl den ganzen Tag auf dich passen muss, soll er sich auch die Nachtruhe entziehen um deinetwillen. Ich glaube, du willst mich lehren, die Bedienten anzusehen wie die Bestien.

JUNGER GRAF *küsst ihr die Hand.* Gnädige Mutter!

GRÄFIN. Ich muss ernsthaft mit dir reden, junger Mensch! Du fängst an, mir trübe Tage zu machen. Du weißt, ich habe dich nie eingeschränkt, mich in alle deine Sachen gemischt als deine Freundin, nie als Mutter. Warum fängst du mir denn jetzt an, ein Geheimnis aus deinen Herzensangelegenheiten zu machen, da du doch sonst keine deiner jugendlichen Torheiten vor mir geheim hieltest und ich, weil ich selbst ein Frauenzimmer bin, dir allezeit den besten Rat zu geben wusste. *Sieht ihn steif an.* Du fängst an, liederlich zu werden, mein Sohn.

JUNGER GRAF *ihr die Hand mit Tränen küssend.* Gnädige Mutter, ich schwöre Ihnen, ich habe kein Geheimnis für Sie. Sie haben mich nach dem Nachtessen mit Jungfer Wesenern begegnet, Sie haben aus der Zeit und aus der

Art, mit der wir sprachen, Schlüsse gemacht – es ist ein artig Mädchen und das ist alles.

GRÄFIN. Ich will nichts mehr wissen. Sobald du Ursache zu haben glaubst, mir was zu verhehlen – aber bedenk auch, dass du hernach die Folgen deiner Handlungen nur dir selber zuzuschreiben hast. Fräulein Anklam hat hier Verwandte, und ich weiß, dass Jungfer Wesenern nicht in dem besten Ruf steht, ich glaube, nicht aus ihrer Schuld, das arme Kind soll hintergangen worden sein.

JUNGER GRAF *kniend.* Eben das, gnädige Mutter! Eben ihr Unglück – Wenn Sie die Umstände wüssten, ja ich muss Ihnen alles sagen, ich fühle, dass ich einen Anteil an dem Schicksal des Mädchens nehme – Und doch – wie leicht ist sie zu hintergehen gewesen, ein so leichtes, offenes, unschuldiges Herz – es quält mich, Mama, dass sie nicht in bessere Hände gefallen ist.

GRÄFIN. Mein Sohn, überlass das Mitleiden mir. Glaube mir – *umarmt ihn* –, glaube mir, ich habe kein härteres Herz als du. Aber mir kann das Mitleiden nicht so gefährlich werden. Höre meinen Rat, folge mir. Um deiner Ruhe willen, geh nicht mehr hin, reis' aus der Stadt, reis' zu Fräulein Anklam – und sei versichert, dass es Jungfer Wesenern hier nicht übel werden soll. Du hast ihr in mir ihre zärtlichste Freundin zurückgelassen – Versprichst du mir das?

JUNGER GRAF *sieht sie lang zärtlich an.* Gut Mama, ich verspreche Ihnen alles – Nur noch ein Wort, eh ich reise. Es ist ein unglückliches Mädchen, das ist gewiss.

GRÄFIN. Beruhige dich nur. *Ihm auf die Backen klopfend.* Ich glaube dir's mehr, als du mir es sagen kannst.

JUNGER GRAF *steht auf und küsst ihr die Hand.* Ich kenne Sie – *Beide gehen ab.*

Neunte Szene

Frau Wesenern. Mariane.

MARIANE. Lass Sie nur sein, Mama! Ich will ihn recht quälen.

FRAU WESENER. Ach geh doch, was? Er hat dich vergessen, er ist in drei Tagen nicht hier gewesen und die ganze Welt sagt, er hab sich verliebt in die kleine Madam Düval, da in der Brüssler Straße.

MARIANE. Sie kann nicht glauben, wie kompläsant der Graf gegen mich ist.

FRAU WESENER. Ei was, der soll ja auch schon versprochen sein.

MARIANE. So quäl ich doch den Mary damit. Er kommt den Abend nach dem Nachtessen wieder her. Wenn uns doch der Mary nur einmal begegnen wollte mit seiner Madam Düval.

Ein Bedienter tritt herein.

BEDIENTER. Die Gräfin La Roche lässt fragen, ob Sie zu Hause sind.

MARIANE *in der äußersten Verwirrung.* Ach Himmel, die Mutter vom Herrn Grafen – Sag Er nur – Mama, so sag Sie doch, was soll er sagen.

FRAU WESENER *will gehen.*

MARIANE. Sag Er nur, es wird uns eine hohe Ehre – Mama! Mama! So red Sie doch.

FRAU WESENER. Kannst du denn das Maul nicht auftun? Sag Er, es wird uns eine hohe Ehre sein – wir sind zwar in der größten Unordnung hier.

MARIANE. Nein, nein, wart' Er nur, ich will selber an den Wagen herabkommen. *Geht herunter mit dem Bedienten. Die alte Wesenern geht fort.*

Zehnte Szene

Die Gräfin La Roche und Mariane, die wieder hereinkommen.

MARIANE. Sie werden verzeihen, gnädige Frau, es ist hier alles in der größten Rappuse.

GRÄFIN. Mein liebes Kind, Sie brauchen mit mir nicht die allergeringsten Umstände zu machen. *Fasst sie an die Hand und setzt sich mit ihr aufs Kanapee.* Sehen Sie mich als Ihre beste Freundin an. *Sie küssend.* Ich versichere Sie, dass ich den aufrichtigsten Anteil nehme an allem, was Ihnen begegnen kann.

MARIANE *sich die Augen wischend.* Ich weiß nicht, womit ich die besondere Gnade verdient habe, die Sie für mich tragen.

GRÄFIN. Nichts von Gnade, ich bitte Sie. Es ist mir lieb, dass wir allein sind, ich habe Ihnen viel, vieles zu sagen, das mir auf dem Herzen liegt, und Sie auch manches zu fragen. *Mariane sehr aufmerksam, die Freude in ihrem Gesicht.* Ich liebe Sie, mein Engel! Ich kann mich nicht enthalten, es Ihnen zu zeigen. *Mariane küsst ihr inbrunstvoll die Hand.* Ihr ganzes Betragen hat so etwas Offenes, so etwas Einnehmendes, dass mir Ihr Unglück dadurch doppelt schmerzhaft wird. Wissen Sie denn auch, meine neue liebe Freundin, dass man viel, viel in der Stadt von Ihnen spricht?

MARIANE. Ich weiß wohl, dass es allenthalben böse Zungen gibt.

GRÄFIN. Nicht lauter böse, auch gute sprechen von Ihnen. Sie sind unglücklich, aber Sie können sich damit trösten, dass Sie sich Ihr Unglück durch kein Laster zugezogen. Ihr einziger Fehler war, dass Sie die Welt nicht kannten, dass Sie den Unterscheid nicht kannten, der unter den verschiedenen Ständen herrscht, dass Sie die Pamela gelesen haben, das gefährlichste Buch, das eine Person aus Ihrem Stande lesen kann.

MARIANE. Ich kenne das Buch ganz und gar nicht.

GRÄFIN. So haben Sie den Reden der jungen Leute zu viel getraut.

MARIANE. Ich habe nur einem zu viel getraut, und es ist noch nicht ausgemacht, ob er falsch gegen mich denkt.

GRÄFIN. Gut, liebe Freundin! Aber sagen Sie mir, ich bitte Sie, wie kamen Sie doch dazu, über Ihren Stand heraus sich nach einem Mann umzusehen. Ihre Gestalt, dachten Sie, könnte Sie schon weiter führen als Ihre Gespielinnen; ach liebe Freundin, eben das hätte Sie sollen vorsichtiger machen. Schönheit ist niemals ein Mittel, eine gute Heirat zu stiften, und niemand hat mehr Ursache zu zittern als ein schön Gesicht. Tausend Gefahren mit Blumen überstreut, tausend Anbeter und keinen Freund, tausend unbarmherzige Verräter.

MARIANE. Ach gnädige Frau, ich weiß wohl, dass ich hässlich bin.

GRÄFIN. Keine falsche Bescheidenheit. Sie sind schön, der Himmel hat Sie damit gestraft. Es fanden sich Leute über Ihren Stand, die Ihnen Versprechungen taten. Sie sahen gar keine Schwierigkeit, eine Stufe höher zu rücken, Sie verachteten Ihre Gespielinnen, Sie glaubten, nicht nötig zu haben, sich andere liebenswürdige Eigenschaften zu erwerben, Sie scheuten die Arbeit, Sie begegneten jungen Mannsleuten Ihres Standes verächtlich, Sie wurden gehasst. Armes Kind! Wie glücklich hätten Sie einen rechtschaffenen Bürger machen können, wenn Sie diese fürtreffliche Gesichtszüge, dieses einnehmende bezaubernde Wesen mit einem demütigen menschenfreundlichen Geist beseelt hätten, wie wären Sie von allen Ihresgleichen angebetet, von allen Vornehmen nachgeahmt und bewundert worden. Aber Sie wollten von Ihresgleichen beneidet werden. Armes Kind, wo dachten Sie hin und gegen welch ein elendes Glück wollten Sie alle diese Vorzüge eintauschen? Die

Frau eines Mannes zu werden, der um Ihrentwillen von seiner ganzen Familie gehasst und verachtet würde. Und einem so unglücklichen Hazardspiel zu Gefallen Ihr ganzes Glück, Ihre ganze Ehre, Ihr Leben selber auf die Karte zu setzen. Wo dachten Sie hinaus? Wo dachten Ihre Eltern hinaus? Armes betrogenes, durch die Eitelkeit gemisshandeltes Kind. *Drückt sie an ihre Brust.* Ich wollte mein Blut hergeben, dass das nicht geschehen wäre.

MARIANE *weint auf ihre Hand.* Er liebte mich aber.

GRÄFIN. Die Liebe eines Offiziers, Mariane – eines Menschen, der an jede Art von Ausschweifung, von Veränderung gewöhnt ist, der ein braver Soldat zu sein aufhört, sobald er ein treuer Liebhaber wird, der dem König schwört, es nicht zu sein und sich dafür von ihm bezahlen lässt. Und Sie glaubten, die einzige Person auf der Welt zu sein, die ihn trotz des Zorns seiner Eltern, trotz des Hochmuts seiner Familie, trotz seines Schwurs, trotz seines Charakters, trotz der ganzen Welt treu erhalten wollten? Das heißt, Sie wollten die Welt umkehren. – Und da Sie nun sehen, dass es fehlgeschlagen hat, so glauben Sie, bei andern Ihren Plan auszuführen und sehen nicht, dass das, was Sie für Liebe bei den Leuten halten, nichts als Mitleiden mit Ihrer Geschichte, oder gar was Schlimmers ist. *Mariane fällt vor ihr auf die Knie, verbirgt ihr Gesicht in ihren Schoß und schluchzt.* Entschließ dich, bestes Kind! Unglückliches Mädchen, noch ist es Zeit, noch ist der Abgrund zu vermeiden, ich will sterben, wenn ich dich nicht herausziehe. Lassen Sie sich alle Anschläge auf meinen Sohn vergehen, er ist versprochen, die Fräulein Anklam hat seine Hand und sein Herz. Aber kommen Sie mit in mein Haus, Ihre Ehre hat einen großen Stoß gelitten, das ist der einzige Weg, sie wieder herzustellen. Werden Sie meine Gesellschafterin und machen Sie sich gefasst, in einem Jahr keine Mannsperson zu sehen. Sie sollen mir meine Tochter erziehen helfen – kommen Sie, wir wollen gleich zu Ihrer Mutter gehen und sie um Erlaubnis bitten, dass Sie mit mir fahren dürfen.

MARIANE *hebt den Kopf rührend aus ihrem Schoß auf.* Gnädige Frau – es ist zu spät.

GRÄFIN *hastig.* Es ist nie zu spät, vernünftig zu werden. Ich setze Ihnen tausend Taler zur Aussteuer aus, ich weiß, dass Ihre Eltern Schulden haben.

MARIANE *noch immer auf den Knien, halb rückwärts fallend, mit gefaltenen Händen.* Ach gnädige Frau, erlauben Sie mir, dass ich mich drüber bedenke – dass ich alles das meiner Mutter vorstelle.

GRÄFIN. Gut, liebes Kind, tun Sie Ihr Bestes – Sie sollen Zeitvertreib genug bei mir haben, ich will Sie im Zeichnen, Tanzen und Singen unterrichten lassen.

MARIANE *fällt auf ihr Gesicht.* O gar zu, gar zu gnädige Frau.

GRÄFIN. Ich muss fort – Ihre Mutter würde mich in einem wunderlichen Zustand antreffen. *Geht schnell ab, sieht noch durch die Tür hinein nach Marianen, die noch immer wie im Gebet liegt.* Adieu Kind! *Ab.*

Vierter Akt

Erste Szene

Mary. Stolzius.

MARY. Soll ich dir aufrichtig sagen, Stolzius, wenn der Desportes das Mädchen nicht heiratet, so heirate ich's. Ich bin zum Rasendwerden verliebt in sie. Ich habe schon versucht, mir die Gedanken zu zerstreuen, du weißt wohl mit der Düval, und dann gefällt mir die Wirtschaft mit dem Grafen gar nicht, und dass die Gräfin sie nun gar ins Haus genommen hat, aber alles das – verschlägt doch nichts, ich kann mir die Narrheit nicht aus dem Kopf bringen.

STOLZIUS. Schreibt denn der Desportes gar nicht mehr?

MARY. Ei freilich schreibt er. Sein Vater hat ihn neulich wollen zu einer Heirat zwingen und ihn vierzehn Tage bei Wasser und Brot eingesperrt – – *Sich an den Kopf schlagend.* Und wenn ich noch so denke, wie sie neulich im Mondschein mit mir spazieren ging und mir ihre Not klagte, wie sie manchmal mitten in der Nacht aufspränge, wenn ihr die schwermütigen Gedanken einkämen, und nach einem Messer suchte.

STOLZIUS *zittert.*

MARY. Ich fragte, ob sie mich auch liebte. Sie sagte, sie liebte mich zärtlicher als alle ihre Freunde und Verwandten, und drückte meine Hand gegen ihre Brust.

STOLZIUS *wendet sein Gesicht gegen die Wand.*

MARY. Und als ich sie um ein Schmätzchen bat, so sagte sie, wenn es in ihrer Gewalt stünde, mich glücklich zu machen, so täte sie es gewiss. So aber müsste ich erst die Erlaubnis vom Desportes haben. – *Fasst Stolzius hastig an.* Kerl, der Teufel soll mich holen, wenn ich sie nicht heirate, wenn der Desportes sie sitzen lässt.

STOLZIUS *sehr kalt.* Sie soll doch recht gut mit der Gräfin sein.

MARY. Wenn ich nur wüsste, wie man sie zu sprechen bekommen könnte. Erkundige dich doch.

Zweite Szene

In Armentières.
Desportes in der Prison. Haudy bei ihm.

DESPORTES. Es ist mir recht lieb, dass ich in Prison jetzt bin, so erfährt kein Mensch, dass ich hier sei.

HAUDY. Ich will den Kameraden allen verbieten, es zu sagen.

DESPORTES. Vor allen Dingen, dass es nur der Mary nicht erfährt.

HAUDY. Und der Rammler. Der ohnedem so ein großer Freund von dir sein will, und sagt, er ist mit Fleiß darum ein paar Wochen später zum Regiment gekommen, um dir die Anciennität zu lassen.

DESPORTES. Der Narr.

HAUDY. O hör, neulich ist wieder ein Streich mit ihm gewesen, der zum Fressen ist. Du weißt, der Gilbert logiert bei einer alten krummen schielenden Witwe, bloß um ihrer schönen Cousine willen. Nun gibt er alle Woche der zu Gefallen ein Konzert im Hause, einmal besäuft sich mein Rammler, und weil er meint, die Cousine schläft dort, so schleicht er sich vom Nachtessen weg und nach seiner gewöhnlichen Politik obenauf in der Witwe Schlafzimmer, zieht sich aus und legt sich zu Bette. Die Witwe, die sich auch den Kopf etwas warm gemacht hat, bringt noch erst ihre Cousine, die auf der Nachbarschaft wohnt, mit der Laterne nach Hause; wir meinen, unser Rammler ist nach

Hause gegangen, sie steigt hernach in ihr Zimmer herauf, will sich zu Bett legen und findet meinen Monsieur da, der in der äußersten Konfusion ist. Er entschuldigt sich, er habe die Gelegenheit vom Hause nicht gewusst, sie transportiert ihn ohne viele Mühe wieder herunter und wir lachen uns über den Missverstand die Bäuche fast entzwei. Er bittet sie und uns alle, um Gottes willen doch keinem Menschen was von der Historie zu sagen. Du weißt nun aber, wie der Gilbert ist, der hat's nun alles dem Mädel wiedererzählt und die hat dem alten Weibe steif und fest in den Kopf gesetzt, Rammler wäre verliebt in sie. In der Tat hat er auch ein Zimmer in dem Hause gemietet, vielleicht um sie zu bewegen, nicht Lärm davon zu machen. Nun solltest du aber dein Himmelsgaudium haben, ihn und das alte Mensch in Gesellschaft zusammen zu sehen. Sie minaudiert und liebäugelt und verzerrt ihr schiefes runzliges Gesicht gegen ihn, dass man sterben möchte, und er mit seiner roten Habichtsnase und den stieren erschrocknen Augen – siehst du es ist ein Anblick, an den man nicht denken kann ohne zu zerspringen.

DESPORTES. Wenn ich wieder frei werde, soll doch mein erster Gang zu Gilbert sein. Meine Mutter wird nächstens an den Obristen schreiben, das Regiment soll für meine Schulden gut sagen.

Dritte Szene

In Lille. Ein Gärtchen an der Gräfin La Roche Hause. Die Gräfin in einer Allee.

GRÄFIN. Was das Mädchen haben mag, dass es so spät in den Garten hinausgegangen ist. Ich fürchte, ich fürchte es ist etwas Abgeredtes. Sie zeichnet zerstreut, spielt die Harfe zerstreut, ist immer abwesend, wenn ihr der Sprachmeister was vorsagt – still, hör ich nicht jemand –

ja sie ist oben im Lusthause und von der Straße antwortet ihr jemand.

Lehnt ihr Ohr an die grüne Wand des Gartens.
Hinter der Szene.

MARYS STIMME. Ist das erlaubt, alle Freunde, alles was Ihnen lieb war, so zu vergessen?

MARIANENS STIMME. Ach lieber Herr Mary, es tut mir leid genug, aber es muss schon so sein. Ich versichere Ihnen, die Frau Gräfin ist die charmanteste Frau, die auf Gottes Erdboden ist.

MARY. Sie sind ja aber wie in einem Kloster da, wollen Sie denn gar nicht mehr in die Welt? Wissen Sie, dass Desportes geschrieben hat, er ist untröstlich, er will wissen wo Sie sind und warum Sie ihm nicht antworten?

MARIANE. So? – Ach ich muss ihn vergessen, sagen Sie ihm das, er soll mich nur auch vergessen.

MARY. Warum denn? – Grausame Mademoiselle! Ist das erlaubt, Freunden so zu begegnen.

MARIANE. Es kann nun schon nicht anders sein – Ach Herr Gott, ich höre jemand im Garten unten. Adieu, Adieu – Flattieren Sie sich nur nicht –

Kommt herunter.

GRÄFIN. So, Mariane! Ihr gebt euch Rendezvous.

MARIANE *äußerst erschrocken.* Ach gnädige Frau – es war ein Verwandter von mir – mein Vetter, und der hat nun erst erfahren, wo ich bin –

GRÄFIN *sehr ernsthaft.* Ich habe alles gehört.

MARIANE *halb auf Knien.* Ach Gott, so verzeihen Sie mir nur diesmal.

GRÄFIN. Mädchen, du bist wie das Bäumchen hier im Abendwinde, jeder Hauch verändert dich. Was denkst du denn, dass du hier unter meinen Augen den Faden mit dem Desportes wieder anzuspinnen denkst, dir Rendezvous mit seinen guten Freunden gibst. Hätt' ich das gewusst, ich hätte mich deiner nicht angenommen.

MARIANE. Verzeihen Sie mir nur diesmal!

GRÄFIN. Ich verzeih es dir niemals, wenn du wider dein eigen Glück handelst. Geh!

MARIANE *geht ganz verzweiflungsvoll ab.*

GRÄFIN *allein.* Ich weiß nicht, ob ich dem Mädchen ihren Roman fast mit gutem Gewissen nehmen darf. Was behält das Leben für Reiz übrig, wenn unsere Imagination nicht welchen hineinträgt; Essen, Trinken, Beschäftigungen ohne Aussicht, ohne sich selbst gebildetem Vergnügen sind nur ein gefristeter Tod. Das fühlt sie auch wohl und stellt sich nur vergnügt. Wenn ich etwas ausfindig machen könnte, ihre Fantasie mit meiner Klugheit zu vereinigen, ihr Herz, nicht ihren Verstand zu zwingen, mir zu folgen.

Vierte Szene

In Armentières.
Desportes im Prison, hastig auf und ab gehend, einen Brief in der Hand.

DESPORTES. Wenn sie mir hierher kommt, ist mein ganzes Glück verdorben – zu Schand und Spott bei allen Kameraden. *Setzt sich und schreibt.* – – Mein Vater darf sie auch nicht sehen –

Fünfte Szene

In Lille. Weseners Haus.
Der alte Wesener. Ein Bedienter der Gräfin.

WESENER. Mariane fortgelaufen –! Ich bin des Todes. *Läuft heraus. Der Bediente folgt ihm.*

Sechste Szene

Marys Wohnung.
Mary. Stolzius, der ganz bleich und verwildert dasteht.

MARY. So lasst uns ihr nachsetzen, zum Tausend Sackerment. Ich bin schuld an allem. Gleich lauf hin und bring Pferde her.

STOLZIUS. Wenn man nur wissen könnte, wohin –

MARY. Nach Armentières. Wo kann sie anders hin sein. *Beide ab.*

Siebente Szene

Weseners Haus.
Frau Wesener und Charlotte in Kappen. Wesener kommt wieder.

WESENER. Es ist alles umsonst. Sie ist nirgends ausfindig zu machen. *Schlägt in die Hände.* Gott! – Wer weiß, wo sie sich ertränkt hat.

CHARLOTTE. Wer weiß aber noch, Papa –

WESENER. Nichts. Die Boten der Frau Gräfin sind wiedergekommen und es ist noch keine halbe Stunde, dass man sie vermisst hat. Zu jedem Tor ist einer herausgeritten und sie kann doch nicht aus der Welt sein in so kurzer Zeit.

Achte Szene

In Philippeville.
Desportes' Jäger, einen Brief von seinem Herrn in der Hand.

JÄGER. Oh! Da kommt mir ja ein schönes Stück Wildbret recht ins Garn hereingelaufen. Sie hat meinem Herrn geschrieben, sie würde grad nach Philippeville zu ihm kommen – *sieht in den Brief* –, zu Fuß – o das arme Kind – ich will dich erfrischen.

Neunte Szene

In Armentières.
Ein Konzert im Hause der Frau Bischof. Verschiedene Damen im Kreise um das Orchester, unter denen auch Frau Bischof und ihre Cousine. Verschiedene Offiziere, unter denen auch Haudy, Rammler, Mary, Desportes, Gilbert, stehen vor ihnen und unterhalten die Damen.

MADEMOISELLE BISCHOF *zu Rammler.* Und Sie sind auch hier eingezogen, Herr Baron?

RAMMLER *verbeugt sich stillschweigend und wird rot über und über.*

HAUDY. Er hat sein Logis im zweiten Stock genommen, grad gegenüber Ihrer Frau Base Schlafkammer.

MADEMOISELLE BISCHOF. Das hab ich gehört. Ich wünsche meiner Base viel Glück.

MADAME BISCHOF *schielt und lächelt auf eine kokette Art.* He he he, der Herr Baron wäre wohl nicht eingezogen, wenn ihm nicht der Herr von Gilbert mein Haus so rekommandiert hätte. Und zum andern begegne ich allen meinen Herren auf eine solche Art, dass sie sich nicht über mich werden zu beklagen haben.

MADEMOISELLE BISCHOF. Das glaub ich, Sie werden sich gut miteinander vertragen.

GILBERT. Es ist mit alledem so ein kleiner Haken unter den beiden, sonst wäre Rammler nicht hier eingezogen.

MADAME BISCHOF. So? *Hält den Fächer vorm Gesicht.* He he he, seiter wenn denn, meinten Sie, Herr von Gilbert, seiter wenn denn?

HAUDY. Seit dem letzten Konzertabend, wissen Sie wohl, Madame.

RAMMLER *zupft Haudy.* Haudy.

MADAME BISCHOF *schlägt ihn mit dem Fächer.* Unartiger Herr Major! Müssen Sie denn auch alles gleich herausplappern.

RAMMLER. Madame! Ich weiß gar nicht, wie wir so familiär miteinander sollten geworden sein, ich bitte mir's aus –

MADAME BISCHOF *sehr böse.* So, Herr? Und Sie wollen sich noch mausig machen, und zum andern müssten Sie sich das noch für eine große Ehre halten, wenn eine Frau von meinem Alter und von meinem Charakter sich familiär mit Ihnen gemacht hätte, und denk doch einmal, was Er sich nicht einbildt, der junge Herr.

ALLE OFFIZIERS. Ach Rammler – Pfui Rammler – das ist doch nicht recht, wie du der Madam begegnest.

RAMMLER. Madame, halten Sie das Maul oder ich brech Ihnen Arm und Bein entzwei und werf Sie zum Fenster hinaus.

MADAME BISCHOF *steht wütend auf.* Her komm Er! *Fasst ihn an Arm.* Den Augenblick komm Er, probier Er mir was Leids zu tun.

ALLE. In die Schlafkammer Rammler, Sie fordert dich heraus.

MADAME BISCHOF. Wenn Er sich noch breitmacht, so werf ich ihn aus dem Hause heraus, weiß Er das. Und der Weg zum Kommandanten ist nicht weit. *Fängt an zu weinen.* Denk doch, mir in meinem eigenen Hause Impertinenzien zu sagen, der impertinente Flegel –

MADEMOISELLE BISCHOF. Nun still doch, Bäslein, der Herr Baron hat es ja so übel nicht gemeint. Er hat ja nur gespaßt, so sei Sie doch ruhig.

GILBERT. Rammler, sei vernünftig, ich bitte dich. Was für Ehre hast du davon, ein alt Weib zu beleidigen.

RAMMLER. Ihr könnt mir alle – *Läuft heraus.*

MARY. Ist das nicht lustig, Desportes? Was fehlt dir? Du lachst ja nicht.

DESPORTES. Ich hab erstaunende Stiche auf der Brust. Der Katarrh wird mich noch umbringen.

MARY. Ist das aber nicht zum Zerspringen mit dem Original? Sahst du, wie er braun und blau um die Nase ward vor Ärgernis. Ein andrer würde sich lustig gemacht haben mit der alten Vettel.

STOLZIUS *kommt herein und zupft Mary.*

MARY. Was ist?

STOLZIUS. Nehmen Sie doch nicht ungnädig, Herr Leutnant! Wollten Sie nicht auf einen Augenblick in die Kammer kommen?

MARY. Was gibt's denn? Habt Ihr wo was erfahren?

STOLZIUS *schüttelt mit dem Kopf.*

MARY. Nun denn – *geht etwas weiter vorwärts* – so sagt nur hier.

STOLZIUS. Die Ratten haben die vorige Nacht Ihr bestes Antolagenhemd zerfressen; eben als ich den Wäscheschrank aufmachte, sprangen mir zwei, drei entgegen.

MARY. Was ist daran gelegen? – Lasst Gift aussetzen.

STOLZIUS. Da muss ich ein versiegeltes Zettelchen von Ihnen haben.

MARY *unwillig.* Warum kommt Ihr mir denn just jetzt?

STOLZIUS. Auf den Abend hab ich nicht Zeit, Herr Leutnant – ich muss heute noch bei der Lieferung von den Montierungsstücken sein.

MARY. Da habt Ihr meine Uhr, Ihr könnt ja mit meinem Petschaft zusiegeln.

Stolzius geht ab – Mary tritt wieder zur Gesellschaft. Eine Sinfonie hebt an.

DESPORTES *der sich in einen Winkel gestellt hat, für sich.* Ihr Bild steht unaufhörlich vor mir – Pfui Teufel! Fort mit den Gedanken. Kann ich dafür, dass sie so eine wird. Sie hat's ja nicht besser haben wollen. *Tritt wieder zur andern Gesellschaft und hustet erbärmlich.*

Mary steckt ihm ein Stück Lakritze in den Mund. Er erschrickt. Mary lacht.

Zehnte Szene

In Lille. Weseners Haus. Frau Wesener. Ein Bedienter der Gräfin.

FRAU WESENERN. Wie? Die Frau Gräfin haben sich zu Bett gelegt vor Alteration? Vermeld Er unsern untertänigsten Respekt der Frau Gräfin und dem Fräulein, mein Mann ist nach Armentières gereist, weil ihm die Leute alles im Hause haben versiegeln wollen wegen der Kaution und er gehört hat, dass der Herr von Desportes beim Regiment sein soll. Und es tut uns herzlich leid, dass die Frau Gräfin sich unser Unglück so zu Herzen nimmt.

Elfte Szene

In Armentières. Stolzius geht vor einer Apotheke herum. Es regnet.

STOLZIUS. Was zitterst du? – Meine Zunge ist so schwach, dass ich fürchte ich werde kein einziges Wort hervorbringen können. Er wird mir's ansehen – Und müssen denn die zittern, die Unrecht leiden und die allein fröhlich sein, die Unrecht tun! – – Wer weiß, zwischen welchem Zaun sie jetzt verhungert. Herein, Stolzius! Wenn's nicht für ihn ist, so ist's doch für dich. Und das ist ja alles, was du wünschest – – *Geht hinein.*

Fünfter Akt

Erste Szene

Auf dem Wege nach Armentières.
Wesener, der ausruht.

WESENER. Nein, keine Post nehm ich nicht, und sollt ich hier liegen bleiben. Mein armes Kind hat mich genug gekostet, eh sie zu der Gräfin kam, das musste immer die Staatsdame gemacht sein, und Bruder und Schwester sollen's ihr nicht vorzuwerfen haben. Mein Handel hat auch nun schon zwei Jahr gelegen – wer weiß, was Desportes mit ihr tut, was er mit uns allen tut – denn bei ihm ist sie doch gewiss. Man muss Gott vertrauen – *Bleibt in tiefen Gedanken.*

Zweite Szene

Mariane auf einem andern Wege nach Armentières unter einem Baum ruhend, zieht ein Stück trocknes Brot aus der Tasche.

MARIANE. Ich habe immer geglaubt, dass man von Brot und Wasser allein leben könnte. *Nagt daran.* O hätt ich nur einen Tropfen von dem Wein, den ich so oft aus dem Fenster geworfen – womit ich mir in der Hitze die Hände wusch – *Kontorsionen.* – O das quält – – nun ein Bettelmensch – *Sieht das Stück Brot an.* – Ich kann's nicht essen, Gott weiß es. Besser verhungern. *Wirft das Stück Brot hin und rafft sich auf.* Ich will kriechen, so weit ich komme, und fall ich um, desto besser.

Dritte Szene

In Armentières. Marys Wohnung.
Mary und Desportes sitzen beide ausgekleidet an einem kleinen gedeckten Tisch. Stolzius nimmt Servietten aus.

DESPORTES. Wie ich dir sage, es ist eine Hure vom Anfang an gewesen und sie ist mir nur darum gut gewesen, weil ich ihr Präsenten machte. Ich bin ja durch sie in Schulden gekommen, dass es erstaunend war; sie hätte mich um Haus und Hof gebracht, hätt ich das Spiel länger getrieben. Kurzum, Herr Bruder, eh ich mich's versehe, krieg ich einen Brief von dem Mädel, sie will zu mir kommen nach Philippeville. Nun stell dir das Spektakel vor, wenn mein Vater die hätte zu sehen gekriegt. *Stolzius wechselt einmal ums andere die Servietten um, um Gelegenheit zu haben, länger im Zimmer zu bleiben.* Was zu tun, ich schreib meinem Jäger, er soll sie empfangen und ihr so lange Stubenarrest auf meinem Zimmer ankündigen, bis ich selber wieder nach Philippeville zurückkäme und sie heimlich zum Regiment abholte. Denn sobald mein Vater sie zu sehen kriegte, wäre sie des Todes. Nun, mein Jäger ist ein starker robuster Kerl, die Zeit wird ihnen schon lang werden auf einer Stube allein. Was der nun aus ihr macht, will ich abwarten – *lacht höhnisch* –, ich hab ihm unter der Hand zu verstehen gegeben, dass es mir nicht zuwider sein würde.

MARY. Hör, Desportes, das ist doch malhonett.

DESPORTES. Was malhonett, was willst du – Ist sie nicht versorgt genug, wenn mein Jäger sie heiratet? Und für so eine –

MARY. Sie war doch sehr gut angeschrieben bei der Gräfin. Und hol mich der Teufel, Bruder, ich hätte sie geheiratet, wenn mir nicht der junge Graf in die Quer gekommen wäre, denn der war auch verflucht gut bei ihr angeschrieben auch.

DESPORTES. Da hättest du ein schön Sauleder an den Hals bekommen.

Stolzius geht heraus.

MARY *ruf ihm nach.* Macht, dass der Herr seine Weinsuppe bald bekommt – Ich weiß nicht, wie es kam, dass der Mensch mit ihr bekannt ward, ich glaube gar, sie wollte mich eifersüchtig machen, denn ich hatte eben ein paar Tage her mit ihr gemault. Das hätt alles noch nichts zu sagen gehabt, aber einmal kam ich hin, es war in den heißesten Hundstagen, und sie hatte eben wegen der Hitze nur ein dünnes, dünnes Röckchen von Nesseltuch an, durch das ihre schönen Beine durchschienen. Sooft sie durchs Zimmer ging und das Röckchen ihr so nachflatterte – hör, ich hätte die Seligkeit drum geben mögen, die Nacht bei ihr zu schlafen. Nun stell dir vor, zu allem Unglück muss den Tag der Graf hinkommen, nun kennst du des Mädels Eitelkeit. Sie tat wie unsinnig mit ihm, ob nun mich zu schagrinieren, oder weil solche Mädchens gleich nicht wissen, woran sie sind, wenn ein Herr von hohem Stande sich herablässt, ihnen ein freundlich Gesicht zu weisen. *Stolzius kommt herein, trägt vor Desportes auf und stellt sich totenbleich hinter seinen Stuhl.* Mir ging's wie dem überglühten Eisen, das auf einmal kalt wie Eis wird. *Desportes schlingt die Suppe begierig in sich.* Aller Appetit zu ihr verging mir. Von der Zeit an hab ich ihr nie wieder recht gut werden können. Zwar wie ich hörte, dass sie von der Gräfin weggelaufen sei –

DESPORTES *im Essen.* Was reden wir weiter von dem Knochen? Ich will dir sagen, Herr Bruder, du tust mir einen Gefallen, wenn du mir ihrer nicht mehr erwähnst. Es ennuyiert mich, wenn ich an sie denken soll. *Schiebt die Schale weg.*

STOLZIUS *hinter dem Stuhl, mit verzerrtem Gesicht.* Wirklich?

Beide sehen ihn an voll Verwunderung.

DESPORTES *hält sich die Brust.* Ich kriege Stiche – Aye! –

MARY *steif den Blick auf Stolzius geheftet, ohne ein Wort zu sagen.*

DESPORTES *wirft sich in einen Lehnstuhl.* – Aye! – *Mit Kontorsionen.* – Mary! –

STOLZIUS *springt hinzu, fasst ihn an die Ohren und heftet sein Gesicht auf das seinige. Mit fürchterlicher Stimme:* Mariane! – Mariane! – Mariane!

MARY *zieht den Degen und will ihn durchbohren.*

STOLZIUS *kehrt sich kaltblütig um und fasst ihm in den Degen.* Geben Sie sich keine Mühe, es ist schon geschehen. Ich sterbe vergnügt, da ich den mitnehmen kann.

MARY *lässt ihm den Degen in der Hand und läuft heraus.* Hilfe! – Hilfe –

DESPORTES. Ich bin vergiftet.

STOLZIUS. Ja, Verräter, das bist du – und ich bin Stolzius, dessen Braut du zur Hure machtest. Sie war meine Braut. Wenn ihr nicht leben könnt, ohne Frauenzimmer unglücklich zu machen, warum wendt ihr euch an die, die euch nicht widerstehen können, die euch aufs erste Wort glauben. – Du bist gerächt, meine Mariane! Gott kann mich nicht verdammen. *Sinkt nieder.*

DESPORTES. Hilfe! *Nach einigen Verzuckungen stirbt er gleichfalls.*

Vierte Szene

Wesener spaziert an der Lys in tiefen Gedanken. Es ist Dämmerung. Eine verhüllte Weibsperson zupft ihn am Rock.

WESENER. Lass Sie mich – ich bin kein Liebhaber von solchen Sachen.

DIE WEIBSPERSON *mit halb unvernehmlicher Stimme.* Um Gottes willen, ein klein Almosen, gnädiger Herr.

WESENER. Ins Arbeitshaus mit Euch. Es sind hier der liederlichen Bälge die Menge, wenn man allen Almosen geben sollte, hätte man viel zu tun.

WEIBSPERSON. Gnädiger Herr, ich bin drei Tage gewesen, ohne einen Bissen Brot in Mund zu stecken, haben Sie doch die Gnade und führen mich in ein Wirtshaus, wo ich einen Schluck Wein tun kann.

WESENER. Ihr liederliche Seele! Schämt Ihr Euch nicht, einem honetten Mann das zuzumuten? Geht, lauft Euren Soldaten nach.

WEIBSPERSON *geht fort ohne zu antworten.*

WESENER. Mich deucht, sie seufzte so tief. Das Herz wird mir so schwer. *Zieht den Beutel hervor.* Wer weiß, wo meine Tochter jetzt Almosen heischt. *Läuft ihr nach und reicht ihr zitternd ein Stück Geld.* Da hat Sie einen Gulden – aber bessere Sie sich.

WEIBSPERSON *fängt an zu weinen.* O Gott! *Nimmt das Geld und fällt halb ohnmächtig nieder.* Was kann mir das helfen?

WESENER *kehrt sich ab und wischt sich die Augen. Zu ihr ganz außer sich:* Wo ist Sie her?

WEIBSPERSON. Das darf ich nicht sagen. Aber ich bin eines honetten Mannes Tochter.

WESENER. War Ihr Vater ein Galanteriehändler?

WEIBSPERSON *schweigt stille.*

WESENER. Ihr Vater war ein honetter Mann? – Steh Sie auf, ich will Sie in mein Haus führen. *Sucht ihr aufzuhelfen.* Wohnt Ihr Vater nicht etwan in Lille – *Beim letzten Wort fällt sie ihm um den Hals.*

WESENER *schreit laut.* Ach meine Tochter!

MARIANE. Mein Vater!

Beide wälzen sich halb tot auf der Erde. Eine Menge Leute versammeln sich um sie und tragen sie fort.

Fünfte und letzte Szene

Des Obristen Wohnung.
Der Obriste Graf von Spannheim. Die Gräfin La Roche.

GRÄFIN. Haben Sie die beiden Unglücklichen gesehen? Ich habe das Herz noch nicht. Der Anblick würde mich töten.

OBRISTE. Er hat mich zehn Jahre älter gemacht. Und dass das bei meinem Korps soll geschehen sein. – Aber gnädige Frau! Was kann man da machen. Es ist das Schicksal des Himmels über gewisse Personen – Ich will dem Mann alle seine Schulden bezahlen und noch tausend Taler zur Schadloshaltung obenein. Hernach will ich sehen, was ich bei dem Vater des Bösewichts für diese durch ihn verwüstete und verheerte Familie auswirken kann.

GRÄFIN. Würdiger Mann! Nehmen Sie meinen heißesten Dank in diesen Tränen. Ich habe alles getan, das unglückliche Schlachtopfer zu retten – sie wollte nicht.

OBRISTE. Ich wüsst ihr keinen andern Rat, als dass sie Beguine würde. Ihre Ehre ist hin, kein Mensch darf sich ohne zu erröten ihrer annehmen. Obschon sie versichert, sie sei den Gewalttätigkeiten des verwünschten Jägers noch entkommen. O gnädige Frau, wenn ich Gouverneur wäre, der Mensch müsste mir hängen –

GRÄFIN. Das beste, liebenswürdigste Geschöpf – ich versichere Ihnen, dass ich anfing, die größte Hoffnungen von ihr zu schöpfen. *Sie weint.*

OBRIST. Diese Tränen machen Ihnen Ehre, gnädige Frau! Sie erweichen auch mich. Und warum sollte ich nicht weinen, ich, der ich fürs Vaterland streiten und sterben soll, einen Bürger desselben durch einen meiner Untergebenen mit seinem ganzen Hause in den unvermeidlichsten Untergang gestürzt zu sehen.

GRÄFIN. Das sind die Folgen des ehlosen Standes der Herren Soldaten.

OBRIST *zuckt die Schultern.* Wie ist dem abzuhelfen? Wissen Sie denn nicht, gnädige Frau, dass schon Homer gesagt hat, ein guter Ehmann sei immer auch ein schlechter Soldat.

GRÄFIN. Ich habe allezeit eine besondere Idee gehabt, wenn ich die Geschichte der Andromeda gelesen. Ich sehe die Soldaten an wie das Ungeheuer, dem schon von Zeit zu Zeit ein unglückliches Frauenzimmer freiwillig aufgeopfert werden muss, damit die übrigen Gattinnen und Töchter verschont bleiben.

OBRIST. Ihre Idee ist lange die meinige gewesen, nur habe ich sie nicht so schön gedacht. Der König müsste dergleichen Personen besolden, die sich auf die Art dem äußersten Bedürfnis seiner Diener aufopferten, denn kurzum, den Trieb haben doch alle Menschen; dieses wären keine Weiber, die die Herzen der Soldaten feig machen könnten, es wären Konkubinen, die allenthalben in den Krieg mitzögen und allenfalls wie jene medischen Weiber unter dem Cyrus die Soldaten zur Tapferkeit aufmuntern würden.

GRÄFIN. O dass sich einer fände, diese Gedanken bei Hofe durchzutreiben. Dem ganzen Staat würde geholfen sein.

OBRIST. Und Millionen Unglückliche weniger. Die durch unsere Unordnungen zerrüttete Gesellschaft würde wieder aufblühen und Fried und Wohlfahrt aller und Ruhe und Freude sich untereinander küssen.

Zweite Fassung der Schlussszene

Des Obristen Wohnung.
Der Obriste Graf von Spannheim. Die Gräfin La Roche.

GRÄFIN. Haben Sie die beiden Unglücklichen gesehen? Ich habe das Herz noch nicht. Der Anblick tötete mich.

OBRISTER. Er hat mich zehn Jahre älter gemacht. Und dass das bei meinem Korps – ich will dem Mann alle seine Schulden bezahlen, und noch tausend Taler zu seiner Schadloshaltung obenein. Hernach will ich sehen, was ich bei dem Vater des Bösewichts für diese durch ihn verwüstete Familie auswirken kann.

GRÄFIN. Würdiger Mann! Nehmen Sie meinen heißesten Dank in dieser Träne – das beste, liebenswürdigste Geschöpf! Was für Hoffnungen fing ich nicht schon an von ihr zu schöpfen. *Sie weint.*

OBRISTER. Diese Tränen machen Ihnen Ehre. Sie erweichen auch mich. Und warum sollte ich nicht weinen, ich, der fürs Vaterland streiten und sterben soll, einen Bürger desselben durch einen meiner Untergebenen mit seinem ganzen Hause in den unwiederbringlichsten Untergang gestürzt zu sehen.

GRÄFIN. Das sind die Folgen des ehlosen Standes der Herren Soldaten.

OBRISTER *zuckt die Schultern.* Wie ist dem abzuhelfen? Schon Homer hat, deucht mich, gesagt, ein guter Ehmann sei ein schlechter Soldat. Und die Erfahrung bestätigt's. – Ich habe allezeit eine besondere Idee gehabt, wenn ich die Geschichte der Andromeda gelesen. Ich sehe die Soldaten an wie das Ungeheuer, dem schon von Zeit zu Zeit ein unglückliches Frauenzimmer freiwillig aufgeopfert werden muss, damit die übrigen Gattinnen und Töchter verschont bleiben.

GRÄFIN. Wie verstehen Sie das?

OBRISTER. Wenn der König eine Pflanzschule von Soldatenweibern anlegte; die müssten sich aber freilich denn schon dazu verstehen, den hohen Begriffen, die sich ein junges Frauenzimmer von ewigen Verbindungen macht, zu entsagen.

GRÄFIN. Ich zweifle, dass sich ein Frauenzimmer von Ehre dazu entschließen könnte.

OBRISTER. Amazonen müssten es sein. Eine edle Empfindung, deucht mich, hält hier der andern die Waage. Die Delikatesse der weiblichen Ehre dem Gedanken, eine Märtyrerin für den Staat zu sein.

GRÄFIN. Wie wenig kennt ihr Männer doch das Herz und die Wünsche eines Frauenzimmers.

OBRISTER. Freilich müsste der König das Beste tun, diesen Stand glänzend und rühmlich zu machen. Dafür ersparte er die Werbegelder, und die Kinder gehörten ihm. O ich wünschte, dass sich nur einer fände, diese Gedanken bei Hofe durchzutreiben, ich wollte ihm schon Quellen entdecken. Die Beschützer des Staats würden sodann auch sein Glück sein, die äußere Sicherheit desselben nicht die innere aufheben, und in der bisher durch uns zerrütteten Gesellschaft Fried und Wohlfahrt aller und Freude sich untereinander küssen.

Biografie

1751 *23. Januar:* Jakob Michael Reinhold Lenz wird als viertes Kind des Pastors und späteren Generalsuperintendenten Christian David Lenz und seiner Frau Dorothea, geb. Neoknapp, in Seßwegen in Livland geboren.

1759 Die Familie siedelt nach Dorpat um, wo Christian David Lenz Pastor wird. Lenz besucht die Lateinschule.

1766 In den »Rigischen Anzeigen« wird mit »Der Versöhnungstod Christi« zum ersten Mal ein Text von Lenz veröffentlicht.
Entstehung des Dramas »Der verwundete Bräutigam«.

1768 *September:* Lenz immatrikuliert sich an der Universtität Königsberg zum Studium der Theologie. Durch Immanuel Kants Vorlesungen über Logik, Metaphysik und Naturwissenschaften wird er zum Studium der Schriften von Jean-Jacques Rousseau angeregt.

1769 Das Epos »Die Landplagen, ein Gedicht in Sechs Büchern« erscheint.

1771 *Frühjahr:* Lenz bricht das Theologiestudium ab und reist als Hofmeister von Friedrich Georg und Ernst Nikolaus von Kleist über Berlin und Leizig nach Straßburg, wo die Kleist-Brüder ihren Militärdienst antreten.
In Straßburg lernt er Goethe und die Sturm-und-Drang-Autoren Heinrich Leopold Wagner, Johann Heinrich Jung-Stilling u.a. kennen, die bei dem Amtsschreiber Johann Daniel Salzmann verkehren.

1772 Aufenthalte in den Garnisonen Landau, Fort Louis und Weißenburg.
Besuche bei der Pfarrerstochter und ehemaligen Freundin Goethes Friederike Brion in Sesenheim, der er einige Gedichte widmet.

1774 Bis zum Herbst bleibt Lenz Hofmeister bei den Kleist-Brüdern. Danach arbeitet er als freier Schriftsteller und verdient seinen Lebensunterhalt durch Privatunterricht.

Kontakte zu dem Schweizer antirationalistischen Theologen und Philosophen Johann Kaspar Lavater.

Unglückliche Liebe zu Susanne Cleophe Fibich.

Lenz' Übersetzungen der »Lustspiele nach dem Plautus fürs deutsche Theater« erscheinen. Die antiken Dramen werden dabei von Lenz insofern modernisiert, als er Namen und Diktion der Personen und die Schauplätze der Handlung den zeitgenössischen Gegebenheiten anpasst.

Das gesellschaftskritische Schauspiel »Der Hofmeister oder Vortheile der Privaterziehung« (Uraufführung 1778), mit dem Lenz sich gegen das in Adelskreisen verbreitete Hofmeistertum wendet und für die Einrichtung öffentlicher Schulen plädiert, wird gedruckt. Das Stück wird von der Kritik sehr positiv aufgenommen, manche Rezensenten halten Goethe für den Urheber des anonym veröffentlichten »Lust- und Trauerspiels«.

»Der neue Menoza oder Geschichte des kumbanischen Prinzen Tandi« (Komödie).

»Anmerkungen übers Theater nebst angehängtem übersetzten Stück Shakespears« (Essay).

1775 Bekanntschaft mit Johann Georg Schlosser und Liebe zu dessen Frau, Goethes Schwester Cornelia.

Die theologische, antirationalistische Abhandlung »Meynungen eines Layen den Geistlichen zugeeignet. Stimmen des Layen« erscheint.

Beginn des Briefwechsels mit Herder.

Gründung der »Deutschen Gesellschaft« in Straßburg.

Liebe zu Henriette Waldner von Freundstein.

»Eloge de feu Monsieur **nd«.

»Menalk und Mopsus«.

Die Literatursatire »Pandaemonium germanicum« entsteht (Veröffentlichung postum 1819).

1776 »Die Freunde machen den Philosophen« (Lustspiel). »Petrarch. Ein Gedicht aus seinen Liedern gezogen«. Die Novelle »Zerbin« erscheint in der Zeitschrift »Deutsches Museum«.

März: Lenz folgt Goethe über Mannheim und Frankfurt am Main nach Weimar.

Bekanntschaft mit Maler Müller, Johann Gottfried Herder, Friedrich Maximilian Klinger und Charlotte von Stein.

Aussöhnung mit Wieland und Veröffentlichungen in dem von Wieland herausgegebenen »Deutschen Merkur«.

Die sozialkritische Prosakomödie »Die Soldaten«, in der Lenz die Erlebnisse aus seiner Zeit als Hofmeister der Kleist-Brüder verwertet, erscheint.

»Flüchtige Aufsätze von Lenz«.

November: Aus einem heute unbekannten Grund (»Lenzens Eseley«, schreibt Goethe) wird Lenz aus Sachsen-Weimar ausgewiesen.

»Der Engländer. Eine dramatische Phantasey« (vordatiert 1777).

In der Zeitschrift »Deutsches Museum« wird die Novelle »Der Landprediger« veröffentlicht.

Lenz reist zu Johann Georg Schlosser nach Emmendingen. Erste Symptome einer geistigen Erkrankung.

1777 Lenz führt ein unstetes Leben und hält sich u.a. in Basel, in Zürich bei Lavater, bei Schlosser in Emmendingen, in Winterthur und am Bodensee auf. Er plant eine Reise nach Italien, die er jedoch nicht antreten kann.

Juni: Tod Cornelia Schlossers.

Erneute Zeichen geistiger Verwirrtheit.

1778 *Januar:* Aufenthalt bei Pastor Oberlin in Waldersbach.

Die Krankheitsphänomene häufen sich, Lenz unternimmt mehrere Selbstmordversuche. Aufenthalt in Straßburg, Reise zu Schlosser nach Emmendingen. Tod der Mutter.

1779 *Sommer:* Nach Ausbruch der Geisteskrankheit holt sein Bruder Karl Lenz nach Riga.

1780 Nachdem sich sein Gesundheitzustand gebessert hat, geht Lenz nach St. Petersburg, wo er versucht, als Hofmeister zu arbeiten, was ebenso scheitert wie der Plan, Soldat zu werden. Die literarische Produktion von Lenz beschränkt sich auf kleinere Zeitschriftenbeiträge.

»Philosophische Vorlesungen für empfindsame Seelen«.

1781 Übersiedlung nach Moskau, wo er als Erzieher arbeitet.

Er verfasst das Drama »Die sizilianische Vesper« (veröffentlicht aus dem Nachlass 1887) und übersetzt Pleschtschejews »Übersicht des Russischen Reichs« ins Deutsche (erscheint 1787 in Moskau).

1787 Freundschaft mit Nikolaj M. Karamsin. Zunehmende Geisteskrankheit.

1792 *4. Juni:* Lenz wird tot auf einer Moskauer Straße gefunden.